내 삶의 그리움

내 삶의 그리움

상처 난 손끝은 살짝만 부딪쳐도 참을 수 없을 만큼 아리다

초판 인쇄　　2019년 7월 25일
초판 발행　　2019년 7월 30일

지은이　　　최복현
펴낸이　　　김상철
발행처　　　스타북스
등록번호　　제300-2006-00104호
주소　　　　서울특별시 종로구 종로1가 르메이에르 1117호
전화　　　　02) 735-1312
팩스　　　　02) 735-5501
이메일　　　starbooks22@naver.com
ISBN　　　　979-11-5795-471-1 03810

• 잘못 만들어진 책은 본사나 구입하신 서점에서 교환하여 드립니다.
　이 책은 저작권법에 의해 보호를 받는 저작물이므로 무단전재와 무단복제를 금합니다.

• 이 도서의 국립중앙도서관 출판예정도서목록(CIP)은 서지정보유통지원시스템 홈페이지(http://seoji.nl.go.kr)와 국가자료공동목록시스템(http://www.nl.go.kr/kolisnet)에서 이용할 수 있습니다. (CIP제어번호 : CIP2019028627)

내
삶의
그리
움

최복현 시집

상처 난 손끝은
살짝만 부딪처도
참을 수 없을 만큼
아.리.다.

스타북스

차례

1

살며
사랑하며
시를 읊다

2

**삶에
의미를
달아매다**

3

시간의
흐름에
시를 띄우다

**삶의
공간에
시를 매달다**

6

**계절에서
시를
따다**

7

**그리운
사람에게서
시를 마시다**

8

**시는
삶보다
길다**

1/

살며
사랑하며
시를 읊다

낮술 한 잔

요염하니 매혹적인 꽃 한 송이
바람 한 점 없는데
한들한들 춤을 추는구나

술은 내가 마셨는데
앙증맞은 꽃이 먼저 취했구나

묘사를 위하여

— 서문을 대신 하는 시

단색 연필 한 자루 종이 한 장이면
둥글든 네모든 어떤 모양이든 그릴 수 있어
빨강이든 파랑이든 어떤 색깔이든 칠할 수 있어
굵든 가늘든 어떤 선이든 그릴 수 있어
사람이든 동물이든 어떤 존재든 그릴 수 있어
꿈이든 상상이든 무엇이든 보여줄 수 있어

단색 연필 한 자루 종이 한 장이면
사랑이든 미움이든 어떤 마음도 보여줄 수 있어
곱든 거칠든 어떤 목소리든 들려줄 수 있어
감미롭든 쓰든 어떤 맛이든 보여줄 수 있어
고소하든 역겹든 무슨 냄새든 그려줄 수 있어

단색 연필 한 자루 종이 한 장이면 나는
너와 나의 내밀한 달콤한 사랑도 그릴 수 있어
너와 나의 추억 하나 하나 모두 그릴 수 있어
너를 향한 설렘, 떨림, 내 마음의 모습까지 모두 그릴 수
있어

그런데 단색 연필 한 자루 종이 한 장으로는
나를 향한 너의 설렘은 너의 떨림은

나를 향한 너의 마음의 모습은 그릴 수 없어
아무리 그리려 해도 그릴 수 없는 너의 마음
그래서 백지 한 장에 연필 한 자루 그냥 눕혀 놓았어

시는 누구나 쓸 수 있고, 읽을 수 있었으면 좋겠습니다.
너무 어렵지 않게 일상에서 시를 쓰고, 일상적으로 시를
읽을 수 있어서, 시는 특별한 사람들이 향유하는 것이 아
니라 누구나 즐길 수 있는 것이었으면 합니다.

내가 바라보는, 내가 만나는 그 무엇에 나만의 의미 부
여하기에서 시는 출발합니다. 그 의미 하나 살리기 위해,
그 의미를 담을 그릇인 소재를 찾고, 그 소재를 글로 그림
을 그린다 생각하고 그려봅니다. 그러면 나만의 시 한 편
만납니다.

하여 이 시집에 소개한 시를 읽으면서 시를 쉽게 쓸 수
있는 자신감을 얻고, 그냥 생활하면서 어떤 특이한 느낌
하나 만나 즐겁게 시 한 편 쓸 수 있기를 바랍니다.

시를 쓰는 즐거움, 함께 누려보자고요.

고맙습니다.

도루묵을 먹으며

임금이 피난지에서 그랬다지
신하가 올린 수랏상에 오른 생선이 너무 맛있어
이름을 물은 즉 '묵어라 하옵니다.'하니까
앞으로는 맛이 너무 좋으니 금어라 하라고

전쟁이 끝나 궁궐로 돌아온 임금
그때 생각나서 금어를 먹고 싶다 했다지
다시 먹어보더니 맛이 별로라
도로 묵어라 하라 했다지
그래서 도루묵어라고

상황에 따라 입맛도 변덕이라
아침 밥상에 오른 도루묵어 알에
끈끈이가 달린 듯하다고
딸들은 먹으려 하지 않는 도루묵어
고놈의 알집을 집어 먹노라니
오도독인지 도로룩인지 도루묵인지
분간은 안 된다만
입안에서 알 터지는 소리가 경쾌하다

경쾌하다 해놓고 나니 미안하다

고슴도치도 제 새끼는 곱다는데
얼마나 많은 고놈의 자식들이
내 똥 되어 나갈까 미안하다

막걸리

흠씬 땀 흘리고
오른 산정에서
초록물결 이룬 발아래를 내려다보며
살짝 살얼음 언 막걸리 두세 모금에
마주한 그대 사랑을 타서 마시노라면
영롱한 목소리로 노래하는
새들의 삶의 찬미를 닮은
시 한 줄 낳는다

파란 하늘 곱게 수놓은
점점이 떠있는 구름 한 조각 안주 삼아
산정을 어슬렁거리며 발갛게 달아오른
볼을 간지는 바람을 양념 삼아
달짝지근한 막걸리 한 잔에
너와 나의 사랑을 타서 마시면
영롱한 목소리로 생의 찬가를 불러주는
새들 노래처럼 시 한 줄 새나온다

불꽃

뜨겁게 타올라
뜨겁게 살다
온몸 사르며
화려한 모습으로
솟구쳐 오르다
급격한 추락으로
푸르륵 꺼지고 마는 그 사랑은
얼마나 아름다운가

얼룩 까치의 주검 앞에서

엊그제 집 나서다
뜰에 가만 누운 까치
숨결 없는 홀로 숨진 얼룩때까치
왜 그리 슬픈지

엄마가 없나봐
딸도 없나봐
친구도 없나봐

오늘 들어가는데
여전히 다소곳이
그때 그대로
가만 옆으로 누운 채 얼룩때까치

숨 떠난 까치의 주검 보려니
그냥 애처로워
마른 풀 그러모아 덮어주려니
코끝이 아리게 시큰하다

모르나봐 까치들은
콕콕 찌르는 듯한

바늘 끝 안녕을

못 느끼나봐 까치들은
날선 칼날에 베이는 듯
살 에이는 저민 사랑을

알 러 지

가라 가라 제발 좀 가라
민감한 내가 문제냐
끝내 들러붙는 네가 문제냐

아무런 약속도 없이
언제 슬그머니 나한테 들러붙어
눈물 나게 콧물 나게 하여
그 짓거리 너무 지겨워
떨쳐 보내려 무진 애를 쓰건만
그래도 달라붙어
내 힘을 쏙 빼놓기에
익숙해지면 좀 나을까 싶어
웬만하면 친해질까 했는데

슬쩍 사라지기에
잘됐다 쾌재를 부르며
상쾌한 기분에 새로운 만남으로
설렘이 움트는
청명하고 아름다운 이 가을
도대체 어디에 숨었다가
도깨비처럼 불쑥 나타나

눈물 콧물 쏙 빼놓는 나쁜 것

시절에 민감한 내 잘못이냐
내 약점 물고 늘어지는 네가 나쁘냐
가라 가라 제발 좀 가라 아주 가라

아 리 랑

느으리게 아 리 랑 아 리이라앙
아라아리이요오 아리이이이라아아아앙
고오개에로넘어어가안다
느린 아리랑
나를 버리고 가신 님 십리도 못 가
발병 나라 발병 나라
저주하는 한스러움

조금 빠르게 아리랑 아리이랑
호올로 아리이랑 중간 빠른 아리랑
가다가 지치면 쉬어나 가아지
홀로 서러운 아리랑

빠르게 더 빠르게
아리아리 스리스리 아라리요
아리아리랑 스리스리랑
아주 빠른 지화자 아리랑

느릴수록 한스러워라 느려서 설워라
에헤라 빠르게 신명나게 불러보자
빨리 빨리 힘차게 불러라

아리아리 스리스리 아라리요
아싸 잘 넘어가누나 아리아리 스리스리 내 사랑
아리아리랑스리스리랑 신명나는 내 인생

한 번 부르고 말 내 아리랑
한 번 부르고 말 네 아리랑
내가 아리아리랑 네가 스리스리랑
둘이 아리아리 스리스리
신명나도록 빠르게 불러나 보자
아리아리스리스리 아라리요
내 인생 네 사랑 네 사랑 내 인생
함께 부를 아리스리 스리아리 아싸
아싸 어화둥둥 내 사랑

안 될 줄 알지만

안 되는 줄 알지만
1등 당첨 전국 1위 복권판매소 앞에
길게 늘어선 줄 한 다리 끼어
확률이야 희박하지만
일말의 행운을 걸어본다만

주말의 시작 경마장 앞에서
깨알 같은 정보지를 들여다보며
거창한 입학시험이라도 보는 듯
자못 진진하게 필기구로 굴리며 찍어본다만

누군가
누군가
누군가는
그러면 나도
안 되는 줄 알면서...

각 설 이　타 령

작년에 왔던 각설이
죽지도 않고 또 온 각설이
꾸민 꼴은 딱 거지다만
보고 또 봐도 즐겁다 정겹다
죽지 않고 온 각설이 타령
사 년 전 왔던 타령꾼
죽지도 않고 또 왔네
딱 보면 거지는 아닌데
달라는 게 뭐 그리 많노
한 번만 더 밀어달라
한 번만 더 밀어달라
한 번만 표 하나 달라
잊지 않고 또 온 표 타령

공손하니 예의는 딱 바르다만
말이야 더할 나위 없이 똑부러진다만
맨날 표 타령인 것 같아서 영 불편하다

빗 방 울

해 맑은 날 풀잎에 맺힌
진주처럼 영롱한 아침이슬을 나는 좋아한다

간밤에 비 내리고 갠 날까지
수천 길을 낙하하다 추락을 멈추고
삶의 애착인 듯 나뭇잎 끝이거나
곧 떨어질 꽃잎 끝에 악착같이 매달린
빗방울을 나는 더 좋아한다

새 아침에 부는 바람에 흔들리는
풀잎 끝에 아슬아슬 매달린 채
아침 햇살을 머금고 생명의 빛을 내는
빗방울의 간절한 삶의 애착을 나는 사랑한다

알 파 고

너 자신을 알라
인간아
너는 신이 아니라
너는 신의 피조물이다

신에게 오만 떨던 인간은
물의 재앙으로 멸망하고
불의 재앙으로 멸망했느니

너 자신을 알라
알파고야
너는 인간이 아니라
인간의 피조물이다

스 팸 메 일

누구였더라
이름을 알 듯한 여자 이름
반갑기도 하고 궁금하기도 하여
열어보면 전혀 엉뚱한
〈오빠 외로우면 쪽지 주세요.〉

어찌 알았을까
내 마음을 족집게처럼 집어낸
〈오빠 외로우면 쪽지 주세요〉

마음을 들킨 것 같아 뜨끔하지만
스팸을 눌러 차단하고 차단해도
끈질기기도 하다
시시때때로 쳐들어와서
〈오빠 외로우면 쪽지 주세요〉

하긴 세상에 외롭지 않은 사람이 어디 있으랴

글쓰기 첨삭

꽃이 피고 꽃이 지고
꽃 진 자리에 열매를 맺듯이

정성들여 쓴 글자들에
빨간 무늬진 수정 기호들
고쳐 써야 할 문맥들이
빨간 꽃들처럼 많이 피었어도

꽃이 지고 나서야
아름다운 열매 맺듯이
빨간 무늬 서서히 사라지고
빨간 꽃 모양 꽃 지듯 줄어들면
글의 열매 맺어지리니

빨간 꽃 모양 여기 저기 피어 있는
사정없는 지적 사항들
종이에 빨간 꽃 피었거니
꽃이 지고 나야 열매를 맺듯이......

느낌표

네가 고맙다
너를 사랑해
너를 사랑할 수 있어 행복해

진정으로 고맙다는 느낌
정말로 사랑하는 마음
진실로 행복한 감정
매 순간 느낌표가 떠오르는
행복을 느낄 줄 아는 마음처럼
행복한 세월이 또 있을까

네가 있어 고마워
네가 있어 행복해
사랑을 느낄 줄 아는 이 마음처럼
행복한 세상이 또 있을까

마 라 톤

가빠오는 호흡을 애써 참으며
죽을힘을 다해 힘의 바닥을 긁는다
죽고 싶은지 살고 싶은지 모를
잠깐의 환희 그 순간만 생각한다
숨을 고르며 남은 힘을 짜낸다
후회 없는 순간을 위한 안간힘
없던 힘마저 죽어라 끌어올린다
고통인지 기쁨인지 모를
심장이 터질 듯해도 억지로 참으며
온몸의 힘을 한 곳에 모은다

환희의 울부짖음과 함께
터져 나오는 단말마
드디어 골인이다
온몸에서 힘이 빠져나가는 듯한
42.195의 오르가즘

나에게로 떠나는 여행

돌을 던지면
얕은 여울은 소리를
밖으로 튕겨내고
깊은 호수는
아름다운 동심원 하나 그리고
소리를 안으로 끌어들여
티 하나 내지 않고
돌멩이 고이 안아 살더라

그윽이 깊은 호수처럼
언제쯤이면 뜨거운 이별에도
무덤덤하게 잘 감추며 살 수 있을까

화 장 하 는   여 자

여자가 꼼꼼한 세수를 한다
여자가 맨살을 보여준다
여자가 속살을 드러낸다
여자는 외출을 하려고 화장을 한다

속살을 보여준 여자는 이내 꼼꼼한 화장을 한다
정든 남자와 맨얼굴로 익숙한 여자는
낯선 사람과 화장한 얼굴로 만난다
여자는 외출을 위해 화장을 한다

여자가 외출하려고 꼼꼼하게 세수를 한다
익숙한 남자는 여자의 화장한 얼굴을 원하고
낯선 남자는 여자의 맨얼굴을 보고 싶어한다
여자는 청소하는 시간보다 오랜 시간 정성스럽게 화장을
한다

엑 스 트 라

NG!
그 말과 함께 또 다시 같은 상황의 반복
감독의 성난 얼굴과 투덜거리는
배우의 눈이 공허하게 만나고 다시 원점이다
덩달아 엑스트라는 자동 반복이다
한 마디 투덜댈 대사도 없이

엑스트라!
넌 말을 해서는 안 돼, 이 문으로 들어가서
저 의자에 앉아서 커피를 마시는 척하기만 해
그리고 세 번째 씬이 끝나면 저 문으로 나가는 거야
주의해야 돼 이건 동시 녹음이 되는 영화라고

엑스트라!
어디에서 말을 잃은 나는 엑스트라
말을 하고 싶다 진짜 커피를 마시고 싶다
기왕이면 이 잘난 뒤통수 대신 얼굴을 보이고 싶다
안 돼 꿈도 꾸지 마 너는 엑스트라

엑스트라
돈 몇 푼과 말을 바꾼 엑스트라는

물로 채운 잔을 들었다 놓는다
얼굴을 잃고 말을 잃고 뒤통수를 보여주며 퇴장이다
영화 촬영의 시작과 끝도 관계없다
그저 영화 시작이든 중간이든 끝이든
어느 쯤에서 우연처럼 가장하다
무대 밖으로 나가는 것으로 끝이다

엑스트라
NG가 없듯이 말도 없고 시작도 없고 끝도 없다
그냥 남의 이야기에 잠깐 등장하는 그뿐이다
그 영화에 출연은 했다 그 자부심 없는 슬픔으로

그리고 이제 그 어느 영화에서 연습 없는 NG도 없는 그
누구의 지시도 없는
내가 나를 연기하는 주동인물을 나는 꿈꾼다
내가 나를 쓰고 나를 연기하는 나의 영화 속에서
가장 진지한 연기로 가장 나다운 연기로 오늘을 산다
엑스트라 나는 아니다 더는 아니다 엑스트라는

연 등

많이도 피었네
빨간 꽃 마냥
예쁘게

촘촘하게 달렸네
빨간 사과처럼
곱다랗게

암팡지게 매달린
저 많은 소원들
부처님은 얼마나 고심하실까

돼 지 꿈

너를 꿈꾼 후엔 많이 설렌다
그토록 그립던 너를 꿈에라도 만나면
나른해지는 이른 봄날처럼
내 고운 미래가 떨려온다

현실처럼 생생하게
길몽처럼 너를 힘겹게 따라가든
악몽처럼 너에게 쫓겨 죽을 뻔하든
너와 함께한 꿈을 꾸고
꿈에서 깨어나면
너로 인해 마냥 즐거울 미래로
온통 설렘으로 내 마음이 버겁다

바다 위로 붉게 솟을 태양의 노래처럼
뭔가 새로운 내 인생의 역사가
시작되나 싶어 너를 믿고
내 삶의 전부를 투자하고 싶다

발치 후에

아주 긴 시간 늘 나의 일부였던 너를 보낸다
조금만 더 너를 위해 시간을 보내고
조금만 더 너를 위해 신경을 썼으면
보내지 않을 수도 있었을 너를 떠나 보낸다

너를 가끔 잊고 살았던 거야
어디든 언제든 넌 나의 일부라는 생각에
너무 너를 잊고 산 시간이 많았어

너를 몸으로 느끼는 순간이 오고야
너의 아픔이 나의 아픔이란 걸 알고야
너를 잊고 살은 내가 후회스럽다
내겐 그토록 소중한 너인 줄 모르다가
아픈 너를 시리게 아린 마음으로 너를 보낸다

너의 아픔이 얼마 만큼일까
너 아픈 만큼 나도 많이 아파
네가 아프니까 나도

아픈 너를 보내고 너를 보내고
여운으로 남는 고통을 안으로 삼킨다

너 대신 달리 채운 들 너 같지 않아
아무리 세월이 흐른들 아쉬움으로 남을 너의 빈자리

아플 거야
아파할 거야
아픈 너를 보내고 나도
너 없이 살아야 할 미래의 날들을
메우지 못할 너의 빈자리를

술

맛있게 즐기고 멋있게 먹고 폼 나게 살고 싶다
잔을 부딪는 쨍 소리로 기쁨을 노래하고 싶은데
몇 순배 돌고나면 슬픔인지 기쁨인지 눈물이 난다

씁쓰레한 삶의 장터에서 모두 내려놓고
가벼운 마음으로 여행을 떠날 줄도 알아야지.
송곳으로 쑤셔대는 아픈 편두통도 때로는 망각할 줄도 알
아야지.
세상을 모두 짊어진 듯 삶에 취해 사노라면 숨 막힐 듯하여
망각의 세계가 그립도록 삶이 옥죄어 온다

슬픔이 극에 달하면 세월아 가라가라 술로 세상을 망각하고
기쁨이 솟아나면 시간아 멈추라 멈추라 세상에 취하여
곰곰이 생각하면 허무맹랑한 세상
맛있게 놀고 멋있게 먹으며 폼 나게 살고프다
숱한 의문만 던져놓고 불가사의한 수수께끼들 위에
물음표만 매달아 놓은 채 떠나야만 하는 세상
기쁨을 주체 못해 잔을 부대끼며 탄성을 외쳐도
술에 취하고 세상에 깨어보면 서글퍼져 눈물만 난다

씁쓰레한 인생이란 길목

사람과 사람 사이에 부딪쳐 튕겨나는 마찰음
슬픔을 주체 못해 숨을 토하면
슬픈지 기쁜지 콧노래가 흘러나온다.

술에 취하듯 삶에 취하고 세상에 취하듯 술로 취해도
번쩍 정신 들게 하는 삶을 마실수록 고달픈 슬픔에 젖는다
삶에 취하고 술로 깨어나며
삶에 술탄 듯 술에 삶을 탄 듯 술잔에 매달린 채
몽롱하게 사노라면 삶에는 물음표만 쌓여도
맛있게 즐기고 멋있게 먹고 폼 나게 살고 싶다

아린 손끝

끝은 아리다
칼로 베인 손끝
가시 박힌 손끝
끝은 아픔을 넘어 아리다

상처 난 손끝
곪은 손끝
살짝만 부딪쳐도 끝은 아리다

엽 기 적 인 살 인

죽일 수밖에 없다
밤새도록 쌓인 분노를
더는 참지 않고 잔인하게 짓이겨
피를 토하게 하여 죽인다

밤새도록 잠 못 들게 괴롭히며
피를 빨겠다 협박한 되갚음으로
기어이 허락 없이 내 피를 빨아 삼킨
앙갚음으로
방심하는 놈에게 일격을 가한다
잔인하게 분질러 사지를 절단낸다
죽어가는 팔다리가 파르르 떤다
이글거리는 분노로 끝내 놈의 피를 보고야 만다

놈들에겐 엽기적인 살인이라도
모기가 신으로 등극하지 않는 한
인간을 닮은 신이 존재하는 한
아무리 잔인한들 나의 살인은 무죄다

부재중 전화

스마트 폰에 아로새겨진
'부재중 전화 2'
아주 낯익은 이름이다
하지만 한동안 연락 없던 이름
왈칵 반가움으로
분주하게 움직이던 손끝을 정지한다

움찔 알 수 없는 불안함
웬일이지?
언뜻 그리워졌거나
갑자기 뭔 도움이 필요하거나
순간
손가락이 갈피를 못 잡고
허공에서 허둥거린다

감 기

오라고 손짓 한 번 한 적 없는데
좋아한다 윙크한 적 없는데
다짜고짜 냉큼 와서 나를 파고들더니
가라 가라 제발 가라
나쁜 놈이라 욕을 퍼대도
뒈질 놈이라 저주를 해도

악착같이 딱 붙잡고 늘어져서
눈물 콧물 쏙 빼놓고도
등골이라도 빼 먹을 양이냐

하긴 너 같은 놈뿐이랴
내 삶을 갉아 먹으며
주변을 맴도는 놈들

못된 너를 닮은 놈들의 처사로
나도 세상도 몸살을 앓는다

사 랑 니

차지도 않고 그렇다고 덥지도 않은 이른 봄에 내리는
빗물처럼 스며드는 아픔이 느껴질 때
너의 아픔이 나에게 전이되어 오는 것임을 그제야 알았다.

나는 너의 전부라면 너는 나의 일부였다
난 너를 잊은 적 많아 너를 아프도록 방치했다
너의 아픔이 나를 이렇게 지독하게 아프게 할 줄 몰랐다
온몸이 상하도록 아파하는 너를 그래도 보내야 했다

너를 보내는 일은 내 안에서 너를 죽이는 일
너를 보낸 빈자리는 잔혹한 아픔의 상징으로 남아도
이 지독한 아픔의 시간들이 지나면
그 아픔도 빈자리로 남을 너에 대한 기억마저도
잊고 살려니 그런 대로

하나뿐인 너를 제대로 사랑하지 못한 죄로
아파하는 너를 강제로 떼어 보내고 멍하니
그 여진을 앓아야 하는 침묵의 두 시간이 참 길다

타르타로스

깊고
깊고
아주 깊어

그 깊이도
그 속도
들여다볼 수도 없고
알 수도 없는 신비한 시원

그 끝을 모르고
언제 알게 될지 몰라도
자꾸 알고 싶은 신비의 세계

전혀 기억에서 사라진 내 원초적 고향
언젠가 속 깊은 함성으로 맞을
카타르시스를 위한 생명의 고향

저녁 노을

누구 없소?
저리도 곱게 타는 붉은 노을
부끄러움을 넘어
쑥스러움을 넘어
발그레를 넘어
불난 듯 진홍색

내 마음 저리 물들여줄 사람
누구 없소?

배 설

어제 J호텔 레스토랑에서 먹은 비싼 음식
오늘 통쾌하게 배설한다.

거침없이 한꺼번에 내 밖으로
아낌없이 내보내는 이 기분
안 풀리던 문제를 확 푼 것처럼 상쾌하다

비싼 밥도 배설할 땐 역한 냄새를 풍긴다
냄새를 확실하게 싣고 나가는
솨아하는 물소리도 통쾌하다

미련 없는 버림의 즐거움
깔끔하게 잊음의 상큼함

비싼 것을 아주 무가치하게 만들어
깔끔하게 버리는 이 두 번의 통쾌함이 주는
삶의 즐거움 덕분에 오늘도 살 맛 난다

비싼 밥 먹고 무가치한 똥 싸서 버렸다
나는 오늘의 승자다

자 화 상

가죽 장갑을 끼고도
손끝 아리게 추운
시베리아 광활한 벌판에 가서
실오라기 하나 없이 옷을 벗어버리고 싶다

하루를 살면 살수록
점점 터럭으로 더럽혀지는 생
가슴마저 빠개고 마음을 열어
이제껏 살아온 모든 것을 다 털고
티끌 하나라도 환히 보이고
터럭 하나라도 비쳐지는
투명한 옷을 입고 싶다

아름다운 언어로 포장된 얼굴을 벗고
또 하나의 추한 나의 얼굴을
모두에게 보여주고 싶다

풍 경 소 리

너는 노래할 줄 안다
파란 하늘 가득
그리움을 안고도
속으로만 삼키는 노래를

너는 노래하고 싶어한다
처마 끝에 아슬아슬 매달려
애간장을 태우며
애련한 그리움을

너는 노래하고 싶다
속울음으로 모자라
몸으로 부딪치며 부르는
슬프고도 투명한 하늘 닮은 노래를

너는 안다
바람이 불러주는 줄 알았던 그 노래가
네 몸끼리 부딪치고
네 마음끼리 아파서
네 몸으로 불렀던 그리움의 노래였음을

2/

삶에
의미를
달아매다

시인

세상 모든 것은 말한다
꽃은 색깔로 말하고
도형은 모양으로 말하고
새들과 풀벌레들은 노래로 말하고
지렁이도 몸으로 말한다

어떤 이는 찬찬히 보아
꽃 이름을 지어주고
어떤 이는 가만히 들어
새들의 이름을 지어주고
시인은 만물에 마음을 기울여
세상 모두에 의미를 달아준다

내소사 연등

빨강 연등
노랑 연등
초록 연등
색깔보다 더 진한 소원들
많이도 매달았소

참 곱기도 하지
저 색깔 좀 봐
고운 소원 고이 담아
한 등에 한 소원
한 등에 한 소원
참 많기도 하오

저 고운 소원들
저 많은 소원들
어떤 소원 들어주나
어떤 소원 먼저 들어주나
부처님 참 많이 힘드시겠소

팽 이

비틀거리며 중심 잃은 너를
채찍질하는 내 손에
열 식은 땀이 아리게 배어나온다

자칫하면 쓰러지기 쉬운 세상
쓰러지면 그만인 세상에서
살아남으려면 중심을 잡고 서야지

너를 때리는 내 사랑을
네가 제대로 알까마는
중심을 잃는 너를 그냥 둘 수 없으니
또다시 너를 매로 다스린다

잠깐 방심하면 쓰러지기 쉬운
넘어지면 다시 일어설 기회 없는
차가운 세상을 아직 알지 못하는
너의 중심을 잡아주겠다고
매를 든 내 손에 땀이 잡혀 식는다

세상이 도는 것이냐
네가 도는 것이냐

간 이 역

푸르다
논이 푸르다
가뭄 끝에 듬뿍 내린 비 덕분에
살아난 산야가 푸른 미소 짓는다

푸르다
세상이 푸르다
푸른 들을 지나고 또 지나던
열차가 잠시 멈춘다
그대 사는 마을에

푸른 세상을 닮은 문득 푸른 그리움이
너의 싱그러운 미소를 싣고
내게로 온다
간이역이 푸름으로 물드나 보다

낡은 등산화

이월상품 매장에서 구입한 등산화,

꽤 여러 해 신었더니 바닥이 해어져 이제 보내야겠다.

오랜 날들, 이 산 저 산 나와 함께한 고마운 등산화,

내게 참 많은 선물을 한 등산화,

건강을 주고 즐거움을 준 등산화,

이제 재활용수거함에 넣으려니 차마 못하겠다.

수거함에 올려놓고 돌아서 오는데

오래 함께한 사람과의 헤어짐처럼 짠하다.

세월 탓이랴 나이 탓이랴

푸른 강

앞에서 흐르는 물은
웅덩이를 메우며
쉼 없이 길을 열고

뒤에서 따라오는 물은
끝없이 뒤를 밀어주며
흘러와서
늘 푸른 강으로 산다

별 들 처 럼

어두운 밤하늘이
파랗다 아주 파랗다는 느낌은
아름다운 별들이 반짝이며 살아 있기 때문이요
캄캄한 밤하늘이 아름답다 느낌은
거기 살고 있는 별들이 아름답기 때문입니다.

하늘이 별을 아름답게 만들지 않고
반짝이는 별들이 하늘을 아름답게 만들듯이
너와 나 우리가 함께하는 세상은
우리가 나누는 사랑으로 아름답습니다

별은 하늘을 정답게 장식하고
우리는 우리만의 세상을 아름답게 창조합니다

천을 짜듯이

한 올 한 올 가는 실을
날줄과 씨줄로 촘촘히 엮어
고운 천을 짜듯이
가늘다가는 더 가는 실일수록
더 꼼꼼하고 촘촘히 짤수록
더 부드럽고 더 고운 천이 되듯이

우리 삶도 그러해야지
사람들로 둘러싸인 삶에서 맞은
불협화음으로 얻은 상처는 날줄인 양
삶의 색깔로 삼고
아주 가까운 사람에게 당한 멍든 가슴은
씨줄인 양 삶의 무늬로 삼아
촘촘한 천을 짜듯이
내 인생도 그러해야지
부드럽고 아름다운 무늬 넣어 짜야지

딱 따 구 리

일만 번 나무를 쪼아야
하루를 살아내는 딱따구리

아파도아파도 많이 아파도
참고 또 참으며 나무를 쪼다 보면
굳고 굳어 더는 아프지 않게
단단한 뚝살 박히듯이
인내 없이 단단한 삶이 어디 있으랴

생존을 위해 쪼아대는
딱따구리의 힘찬 삶의 노래
오늘도 산골짜기를 채우며 울려퍼진다

삶

하루에 만 번을 쪼아
벌레 천 마리를 먹고야
그 하루를 연명하는
매일의 연속
이유 없이 남의 먹이가 되는 벌레들의
천 번의 원망에 딱따구리는
단 한 번인들 귀 기울인 적 있을까

동 강 의 별

영월 동강 하늘의 별들은 유난히 맑다
저 높은 곳에 있어도 잡힐 듯 가깝다
수줍음을 많이 타는 별들은
사람이 잠든 한참 늦은 밤에야
동강으로 마실 내려온다

하늘 높이만큼 강물 속으로 깊이 들어간
별들은 강 속에 별 가득한 하늘을 만들고
밤새 몰래 몰래 멱을 감는다

사람들이 잠든 사이 물 속 깊이 잠겨 놀던
동강의 별들은 사람들이 잠에서 깨기 전
강 하늘을 거두어 하늘로 돌아간다

밤마다 동강에 내려와 멱을 감아서
동강 위 하늘의 별들은 아주 깨끗이 맑다

누에의 집

하얀 집을 짓는다
세상의 맛을 세상의 냄새를 닫는
세상의 소리를 세상의 멋을 닫는
세상의 유혹을 닫는 하얀 집을 짓는다

감각도 이상도 새들어 오지 않는
빈틈 하나 없는 섬세한 집
혼자만의 집을 짓는다

세상에서 들어오는 눈을 닫고
세상을 향해 열린 마음을 닫는
혼자만의 명상의 집을 짓는다

번데기도 나처럼

번데기는 기억할까
누에였던 날들을
번데기는 알까
누에의 삶을

기억하든 못하든
누에의 삶에 번데기는 없다
알든 모르든
번데기의 삶에 누에는 없다

번데기는 누에를 모른다
번데기는 나방을 모른다

꿀 벌 처 럼

한 번의 입맞춤은 달콤하다
두 번의 입맞춤은 고귀하다
여러 번의 입맞춤은 성스럽다
입맞춤할 때마다
새로운 생명을 탄생하게 하는
지상에서 가장 고귀하고
성스러운 입맞춤을 위하여
이 꽃 저 꽃 쉼 없이 옮겨가며
종일 떠도는 꿀벌의 불륜처럼
부러운 입맞춤
우리 삶의 최상의 충족 조건이 또 있을까

아 구 찜

혀를 강하게 자극하며 아구찜이 얼큰하게 유혹한다
입술 얼얼해도 왠지 스트레스를 날려버릴 듯하여
애써 참으며 줄줄 흐르는 땀을 닦으며 아구찜을 먹는다
그렇게 어제는 상큼한 기분으로 입에 불이 나도록 맵더니
오늘은 알싸하게 맵게 기어이 아구찜이 뒤로 나오나 보다

비단 아구찜뿐이랴
입에서도 맵고 뒤도 맵게 하는 것이
입도 괴롭히고 뒤까지 괴롭히는 것이

입에서 맵다고 뒤에서도 매우랴만
고추든 마늘이든 입에선 못 견디게 매워도
뒤로 나온들 매운 맛을 모르겠더니
그만큼 독하지도 않은 아구찜은 뒤에서 더 화끈거린다

어찌 아구찜뿐이랴
입에서나 맵고 그만 속편하고 뒤끝도 편하면 좋으랴만
처음부터 불편하더니 뒤끝까지 괴롭히는 매운 놈들이
그래도 다시 찾게 만드는 약주고 병 주는 놈들이

불나방

불이 좋아
불에 취해
잠시 망설임 없이
탐스러운 불속에 뛰어들어
신음 한 음절 없이
감쪽같이 불이 된 불나방

불을 사랑하여
불에 뛰어들어
찬란한 불로 변하는 불나방
거침없이 뛰어드는 용기가 가상하다

독 버 섯

예쁘다
참 예쁘다
참 아름다워라

보암직도 하여라
먹음직도 하여라
속살을 찌워줄 만치
어쩜 요렇게 탐스러울까

그런가요
난 예뻐요
난 아름다워요
난 참 탐스러워요
그래도 가까이 오지 말아요
난 독버섯이라고요

벽 시 계

한 치 오차도 없이
잠깐의 쉼도 없이
맨 날 맨 날 숫자만 헤아리는
성실한 삼형제

숫자판에서
한 번도 떠난 적 없으면서도
숫자 하나 바꾸지도 못하고
같은 숫자놀음만 하는
융통성 없는 삼형제

오늘도 처음처럼
시종일관 숫자에 미쳐
숫자밖에 모르면서
숫자판에 매달려 숫자만 셈하네

선 풍 기

벗어나려 아무리 뱅뱅 돌아도

정신없이 돌고 돌아도

그 좁디좁은 세상 한 번 못 나서 보고

몹시 더운 여름날이면

뱅글뱅글 어지럽도록 맴을 돌아도

죽을힘을 다해 악을 쓰며 돌고 돌아도

그 좁디좁은 세상 한 번 못 벗어나고

죽을힘을 다해 벗어나려 몸부림치다

헐떡거리다 못해 푸르륵거리며

더는 움직일 힘이 없이 삶을 다하고서야

드디어 좁은 세상 한 번 벗어나는

잠깐의 달콤한 자유로 마감하는 생이 아프다

카톡

카톡까똑카톡까똑까똑
사람들 말을 다 뺏어놓고 혼자 시끄럽다

입 대신 손가락으로 말하는 법
연습 시키면서
입으로 할 사랑
입으로 할 싸움
입으로 할 칭찬
입으로 할 욕
침 안 바른 손가락으로 말하란다

사람들 감정도 옵션으로 잡아놓고
입도 벙긋 못하게 하고
혼자 열나서 부르르 떨거나
혼자 들떠서 시끄럽다

그 이름 누가 모를까
혼자 제 이름 열나게 부르며
혼자 밤낮없이 소음질이다

카톡까똑카톡까똑까똑

바 람 길

바람은 한 번도 길을 잃은 적 없다
막다른 골목에는 아예 안 들어가고
되돌아 나올 길이라면 시도조차 않는다
바람은 길이 아니면 가지를 않는다

미친 듯 몰아치는 바람도 제 길로만 간다
나갈 곳이 없는 곳엔 아예 들어가지 않는다
빠져나갈 길을 용케도 찾아 그 길로 간다
사람들이 사는 마을의 복잡한 골목길에서도
벽들로 둘러친 빌딩숲에서도
한 번도 길을 잃은 적 없이 유유히 제 길을 간다

용케도 그물에 한 번 걸리지 않고 그물을 빠져나가고
구렁이 담을 넘듯 벽 위에 길도 용케 찾아 담을 넘는다
바람은 아예 길이 없으면 그 길로 접어들지 않고
바람은 애써 새로운 길을 만들지 않는다

바람은 한 번도 길을 잃지 않는다

터널

터널은 들어가는 게 아니야.
통과하는 거고
지나가는 거지

아무리 긴 터널에 들어서도
난 두렵지 않아

난 햇살을 잠깐 피하는 그 시간이
오히려 좋은 걸

아무리 깊어도
햇살 한 줌 안 들어와도
양쪽으로 뚫려 있어 터널이니까
머물기 위해서가 아니라
미련 없이 지나가는 길이니까

터널은 길이니까
길 길 길, 터널은 길이니까
길이니까

정 동 진 의   바 다

정동진의 바다는 모두 푸르다
푸르다 못해 파랗다
정동진에서는 하늘이 깊은 바다 밑에 갈앉아
온통 바다를 하늘색으로 바꾸어 놓는다

아주 높이 떠 있는 게 무료하고
잡다한 삶의 모습들을 내려다보는 게 지겨운
하늘은 아주 낮게 내려와 바다 깊이 숨어 먹을 감는다

정동진 바다는 아침이면 잠시 심한 부끄럼을 탄다
종일 바다에 안겨 잠든 하늘이 깜짝 놀라
붉은 수줍음을 강렬하게 토해내곤 이내 다시 푸르다

정동진 바다에 가면 파도가 부르는 사랑 노래에 젖는다
파도를 애써 밀어내는 수많은 모래알들의 투정부림에 젖
는다
다정한 연인들이 속살거리는 미래 꿈에 젖는다
정동진 바다에선 시간도 공간도 존재도 모두 푸르게 젖
는다

코 르 덴 바 지 처 럼

코르덴바지를 입는다
스판인가 뭔가 고거 참 편하다.

신축성이 있어 좋다
부드러워 편하다
기모가 덧붙어서 따뜻하다
때를 잘 안 타니 더 좋다

너는 나에게
나는 너에게
그런 코르덴바지였으면 좋겠다
이 추운 세상에

어둠이 좋다

이 어둠이 좋아라
눈을 가려 더는 세상을 사람들을
못 보게 해주는 어둠이
사람들로부터 나를 감춰주는 어둠이

이 어둠이 좋아라
한동안 숨겨주었다가
빛이 얼마나 아름답고 소중한지를
알게 해주는 이 어둠이

이 어둠이 좋아라
참 아름다운 건
늘 변하지 않는 건
어둠이 짙을수록 더 밝게 빛난다는 걸
깨닫게 해주는 이 어둠이

이 어둠이 좋아라
사람에게서 멀어지는 두려움의
홀로 있다는 외로움
그 진한 고독의 시간이 지나면
진정 남아 있을 사람만 남겨둘 이 어둠이

동 심 원

파란 하늘을 그대로 담은 산들바람이
생기를 잃어가는 초록 산에 들러서
갓 깨어난 새싹처럼 신선하게
고요한 연못을 건드리면
수없는 잔물결이 정겹다

잠자던 잉어 물결 스치는 바람에 놀라 깨어나
한 번 물 위로 솟구쳐 올랐다 잠수하면
고요가 깨어진 연못엔 파문으로 만들어진 동심원이 곱다

둥글게 둥글게 점점 더 넓게
작으면 진한 동그라미
커지면 연한 동그라미
나란 나란히 여러 개의 원으로 퍼져가는 파문들

점 점 점 사라지면
그 파문이 사라진 연못 위에 얹힌 내 마음엔
살그머니 그리움의 파문이 인다

크고 여린 그리움의 동심원이
줄줄이 줄줄이 그려지더니

작고 진하게 내 안을 파고드는 그 원 안에서
진한 자극으로 나를 깨우는 모습 하나
그리운 사람 내 안에 살아 있다

막내딸

매미는 왜 시끄럽게 울어
너무 더워서

그럼 왜 밤에도 울어
무서우니까

그럼 언제 안 울어
네가 잠들면

내가 잠들면
조용하겠네.......

종이컵

딸그락 동전 떨어지는 소리
고작 동전 몇 개로 너에게 간다

뜨겁다
뜨끈한 것으로 채워지는 액체에 놀라다

네가 잡아준 다정한 손길 따라
너의 촉촉한 입술에 닿는 듯 떨어지는 듯
몇 차례의 짜릿한 순간도
잠시

이내 비어버린 너를 향한 열정
까마득한 추락을 느낌도
잠시

악취 진동하는 음침하고 무질서한 어둠 속으로
달짝지근한 몇 방울의 식어버린 액체와 함께
떨어지는

서글픈 오르가즘

나 이 탓 일 까

나이 탓일까
어둠이 친근하고
어둠에 들면 편안해지는 건

어둠이 두려운 날들이었는데
어둠 속으로 숨어야 할 것 같은 뿌연 마음
나이 탓일까

사방으로 노출된 현대식 카페가 아닌
침침하고 퀴퀴한 한 옛날식 다방에 앉아
진한 농으로 수작을 거는
어느 할배의 모습이 친근하게 느껴지는 건
나이 탓일까

아 름 다 운   시   한   줄

가만가만 창을 노크하는
차분히 가라앉은 빗줄기는 그리움을
당신을 향한 촉촉한 그리움을 부르고

가만히 마음을 두드리며 내리는 빗물은
슬픔인지 기쁨인지
아픈 그리움인지 흰희로운 그리움인지
짙어지는 안개처럼 희미한
삶의 길목에서 촉촉하니 마음으로 스며들어

조용히 음미하며 삼키는 고운 이름 하나
속으로 되뇌이다 끝내 읊조리면
살포시 젖어드는
지상에서 가장 아름다운 나의 시 한 줄

'영원히 당신과 함께 이기를'

아파트를 바라보며

사랑이란
꿈만 키웠다
욕심만 키웠다

하늘 높은 줄 모르고 높아지더니
황홀하리만치 비행기를 태우며
꿈도 그만큼 높아지게 하더니

다시 그 자리
다시 꿈도 무너지고
마음 함께 무너지는 것을

사랑이란
그만큼 거품이었다는 걸
모른 것도 아닌데
잔뜩 기대만 키웠던
꺼지고 만 꿈

다시 오를 수는 없을까
다시 돌아올 수는 없을까

거품처럼 꺼지고 마는 걸까
다시 돌아오긴 하는 걸까
언제까지 기다려야 할까
이 사랑을

그리고 희망은

절망은 세상의 끝이 아니라
다른 세상의 열림
다른 세상의 시작이다
새로 시작되는 희망이다

우리는 만난다
절망의 끝에서 희망을

떠난 꿈이냐 희망이냐
그걸 절망이라 주저앉을 일은 아니다
아쉬워한들
아파한들
돌아오지 않을 일이라면
절망은 이제 접고 다른 세상을 시작해야 한다

절망은 세상의 끝이 아니라
다만 다른 세상의 시작이며 희망이다.

사 랑 , 그 쓸 쓸 함 에 대 하 여

기온이 차가워지는 만큼
더 높아져 맑고 티 없이 파란 하늘만큼이나
깊어질수록 영원보다 더 먼 날까지 변하지 않을 듯한
지고한 아름다움을
알았으랴
부풀어 오른 마음만큼이나
서로에게 전부가 되고 싶은 간절한 바람
그 틈새로 살며시 숨어들어 불어오는 차가운 바람을
알았으랴
던져진 유리잔처럼 소리 난다 싶으면
이미 깨져버린 차가운 슬픔을
알았으랴
이 지고한 파란 아름다움과 차가운 슬픔의
그 길지 않은 거리 사이에서
너와 내가 웃어버린 헛헛한 믿음과 슬픔 사이를

너 의 슬 픔 을 보 면

콧등이 시큰해지는
여린 마음으로
한없이 부드럽게 살고 싶다

쇠파이프가 아무리 강한들
두드리면 동강나고 마는걸

물처럼 부드러워져서
동그란 그릇에 담겨
둥글게 되고
세모난 그릇에 담겨
세모로 되고

어느 그릇에나 담기면
담겨지는 대로 잘 어울리는
물처럼 연한 사랑으로 살고 싶다

망 부 석

한 밤을 함께 나눠도
만리성을 쌓는다는데
수천 밤을 함께 나눠
몸을 얹은 한 몸이었더니

산을 넘어 가신 이 되돌아와도
바다 건너가신 이 못 돌아오는
임인 줄을 어이 몰라서

설운 밤
외로운 밤
수많은 밤을
임 기다림에 세월이 늙어

떠난 임만 님이라 하여
그리움에 미친 여인이여

세상 것 다 변해 스러지고
변색되는 세월 어찌 못하고
돌 속에 혼을 묻어
돌아올 임 기다림에
천 년이 흘렀어라

3/

시간의
흐름에
시를 띄우다

꿈도 늙나요

꿈도 나이를 먹나요?
하늘을 날았어요
달나라에서 토끼도 만났어요
새들과 이야기도 나누었어요
예전 꿈에선.....

꿈도 나처럼 나이를 먹나요?
요즘은 하늘을 날지 않아요
달나라에 토끼 따윈 없어요
새들은 그냥 지저귈 뿐이에요

꿈도 나를 따라 나이를 먹나요?
오늘은 날 수 없어 슬퍼요
달나라의 토끼가 그리워요
이야기 나누던 새들이 보고파요
꿈도 늙나요?

면도를 하며

아침이면
늘 경건한 의례를 치른다

밀어 버린다
잔풀을 제거하듯 살뜰이
할 수만 있다면 잔뿌리라도 뽑을 듯
삐죽삐죽 밤새 돋아난 수염들을

사람들은 모른다
날마다 내가 사정없이
밀어버리는 수염을

저녁이면
벌써 자잘하고 거뭇거뭇한
좁쌀개미들처럼 싹을 내는 수염을

사람들은 모른다
내가 날마다 깨끗한 척
치루는 세심한 의례를

가 을 맞 이

인연일거야
맑고 깨끗하고
시원한 바람처럼
뜻밖에 다가온 너는
어쩜 그리도 내 마음에 쏙 들까

참 고운 너와 함께
쌓아갈 아름다운 날들
벌써 설렌다

오늘밤은 너의 찬가든
너를 향한 세레나데든
끼적여야겠다

너와 함께할 날들로
마냥 설렌다

꽃의 말

"말은 하지 마. 말은 오해의 씨앗이야!"
어린왕자에게 여우가 말하지

말로 실수하는 사람들 얼마나 많아
말로 망신당하는 사람들 얼마나 많아
그런데 꽃은 소리 없이 아름다운 말만 하잖아

말로 상처 주는 사람 얼마나 많아
말로 추잡한 사람 얼마나 많아
그런데 꽃은 소리 없이 고운 말만 하잖아

난 말 없는 꽃의 말을 들어
난 말 없는 꽃의 말을 읽어
난 말 없는 아름다운 말
정다운 말을 배워

꽃은 소리 없이 말하는 법을 알잖아
몸으로 아름다운 말을
향기로 고운 말을
그래서 꽃은 참 아름답지!

모 닝 커 피

차분하게 내려앉은 하늘
그리움을 달래려 카페라떼 한 잔 주문한다

하트 모양 한가운데에 달달한 시럽을 뿌리고
빨대로 휘저으면 하트 모양은 사라지고
입술에 닿은 액체는 달짝지근하다

하트 모양이 사라지고
전체가 하나의 색깔로 달달한 맛을 만들듯
실핏줄이 온몸 곳곳을 쉼 없이 순환하여 생기를 주듯
사랑은 부분이 아닌 전체로
지체가 아닌 온몸으로 사랑하여
삶 전부를 고루 달콤하게 희석하듯

햇살이 아롱거리는 창가에 혼자 앉아
음미하는 달짝지근한 카페라떼의 그윽한 액체
고뇌에 찬 입술에 촉촉이 젖어든다

그 사람의 집

누가 있을까
지나다 문득
생각이 멎는
지나다 문득
그냥 머물고 픈 그곳
그곳에

누가 살까
발길 잡는 그곳에
마음잡는 그곳에
내 마음 잡고 놓아주지 않는 그곳
그곳에

설 날 에

그럴 듯한 포장지에 싸인 선물처럼
환하게 웃는 얼굴로
속없는 싸구려 웃음만 헛헛하게 날리는
썰렁한 개그처럼 씁쓰레한 뒷맛만 남기고
멀어져 간다 멀어져 간다
멀어도 멀어져도 끝내 떨어질 수 없는 한 뿌리

공중에 멋드러지게 뿜어낸 도넛 모양의 담배 연기처럼
그럴 듯한 표정으로 마음을 감추고
밀물처럼 모여들어 왁자지껄 분위기를 살리다
썰물처럼 빠져나가더라도 그나마 그때가 좋았어라

언젠가부터 이런 저런 구실로
서로 벽을 쌓고 펄이 뱉어내는
부연물결로 일렁이는 섬들처럼
섬이 되어 살아가는 서글픈 사람들
올해도 설은 설설 기어 왔는데

걸 레 를   보 며

제대로 기지도 못하고
배밀이로 방 안 구석구석을
사람 그리운 강아지마냥 따라다니며
할 일을 잘 마치고
깨끗이 샤워 한 번 쓱 하고는 방 한 구석에 가만 누워
깨끗하고 반들반들 윤나는 저 지나온 공간을 바라보며
흐뭇이 미소를 뿌리면서 너, 애써 외면하는
나를 빤히 바라보는 너를 보노라면

겉만 번지르르하게 모양새를 꾸미면서
남을 위해서는 아무 것도 못하는 내가 부끄럽다

걸 레 에 게

너는 참 행운아다
수건으로 태어나
아름다운 얼굴에 물기를 닦아주더니
헐고 닳아서도 쓸모없이 버림받지 않고
거실을 깨끗하게 하고 윤나게 하는구나

네가 기어가는 곳이면 어디든 깨끗하니
너처럼, 너처럼
좋은 일을 하다가 종말을 고하는 팔자도 흔치 않을 터
너는 하찮은 인간보다 훨씬 훌륭한 존재로다

너는 참 훌륭하다
으스대는 나는 세상을 어지럽히고
너는 세상을 깨끗하게 하니
걸레야 네 앞에선 내가 부끄럽다

나의 시간

참 절묘하다
6시 20분 용산발 익산행 KTX
5시 56분 용산역 도착 요깃거리 사고
화장실 가고 책 3페이지 읽으니 승차시간 딱이다.

참 절묘하다
성주산 내려와 대천항 일몰 3분 전이다
급한 김에 콘크리트 구조물에 올라가니
수면 위에 석양이 딱 잠기려 한다

참 절묘하다
대천발 20시 21분 용산행 타기
대천역 도착하니 51분 전이다
물 한 병 사고 먼 길 가기 전 화장실 가고
읽던 책 5페이지 읽고 나가 3분 기다리니 딱이다

참 절묘하다
용산역 도착하니 창동행 전철 도착 4분 전
조금 바지런히 내려가 잠깐 숨돌리니
전철 도착 절묘한 타이밍이다

참 절묘하다
맞춤형 시간 딱이다
시간이 내 시간에 딱딱 맞아 떨어진다
참 절묘하다

희망의 발견

깨어 있다 잠드는 순간이 궁금하여
애써 그 순간을 포착하려 하지만
단 한 번도 잠든 순간을 알 수 없이 잠들고
잠에서 깨어나는 순간은 궁금할 의식도 없이 깨어나듯이

어디를 봐도 파릇파릇한 새싹이 돋아날 기미도 없다가
어느 샌가 바람 속에 상큼한 맛이 끼어들어서
어느 샌가 햇살에 아지랑이 숨어들어서
겨울의 경계가 무너지는 듯 봄이 이미 왔듯이

절망의 끝에는 희망이 숨어 있음을 왜 모르랴
절망은 다른 세상의 시작
새로 시작되는 희망

절망은 세상의 끝이 아니라
다만 다른 세상의 시작이라
다만 다른 세상의 시작이라
지금이다 절망의 끝을 선언해야 할 순간은

은 행 나 무

한 번 벗으면
다시 입을 수 없는데
밤새 내린 비에 젖었다고
홀라당 벗은 노란 옷

노란 융단처럼 곱긴 하다만
추운 겨울 어떻게 지내려고…….

비 오는 날의 판토마임

비 내리는 카페 창가에 앉아 커피 향을 음미한다. 창 밖엔 아롱다롱 여울처럼 비가 내린다. 낭만을 자아내는 카페 안엔 빗소리는 내리지 않는다.

카페 밖 베란다 원탁에 앉아 찻잔을 앞에 둔 남녀의 상큼한 표정이 부럽다. 자작이는 빗줄기처럼 움찔움찔 입술에서 흘러나올 고운 사랑의 말, 연인이 연출하는 달콤쌉싸름한 판토마임이 한없이 부럽다. 부러움을 살금살금 기어나오게 만드는 다소곳한 어깨 추임새며 물 한 방울에 살풋 녹아드는 설탕처럼 다사로움이 스며들 듯한 손잡음, 생생한 판토마임이 투명한 유리벽을 뚫고 내 마음을 그네에 올려놓는다.

지금 창밖엔 비는 내려도 지금 창 안엔 빗소리가 없다. 지금 창밖엔 감미로운 대화에 젖어도 지금 창 안으론 소리 없는 사랑만 스며든다. 그윽한 헤이즐럿 향을 싣고 알라딘 요술램프의 연기처럼 묘한 운치를 자아내며 피어오르던 김이 잦아들면 연인들의 판토마임이 끝난 빈 무대엔 식어가는 봄비만 판토마임에 열중한다.

지금 관객 없는 무대에서 비는 연기를 계속하고 판토마임에 흥미 잃은 관객은 생생한 연극에 시선을 던진다. 창밖엔 여전히 소리 잃은 비가 내리고 왁자지껄한 무대에선 가면 쓴 배우들이 소리와 몸짓을 낳고 있다.

살아 있음에

지난 일은 늘 아쉬움이 남지만
아쉬움은 내 삶을 더는 보상해줄 수 없느니
살아 있는 한
살아 있는 한
새로운 대상을 찾아야 한다

살아 있다는 건 사랑한다는 것
혼자로는 설 수 없고
혼자로는 살 수 없느니
다시 시작될 사랑 속에 깊이 들어갈 일이다

살아 있는 한 사랑은 오고
살아 있는 한 희망은 남고
살아 있는 한 언제나 새로운 시작이다

4/

삶의
공간에
시를 매달다

샘의 무늬

흙속으로 깊이깊이 스며든 빗물은

겉물 빠지고 나면

겉샘 빠지고 나면

땅 속의 맛을 훔치고

토향을 살그마니 묻히더니

가만가만 풀숲 헤치며 나오다

다정하게 엿보던 햇살에 수줍어서

저만의 무늬로 살포시 미소짓는다

북 카 페 행 복 한 이 야 기 에 서

북카페에서 하트 모양 올라앉은 카페라떼에
하트모양 살리면서 시럽을 넣는다
쓴 세상 살면서 마시는 거라도 달달한 거 마시려고

달달한 커피보다 더 달콤한 게 왜 없으랴만
진짜 달콤한 내 삶의 비밀은 남몰래 감추었다가
인생이 쓰다 싶을 때만 혼자 살짝 떠올려 음미하는 대신
씁쓸한 삶에 달달한 시럽을 휘휘 저으런다

용해된 달짝지근한 액체가 내 몸에 퍼지는 것처럼
오늘 찾아온 내 삶이 온몸에 골고루 감미롭게 녹아들기를
바라면서
입술 촉촉하게 달달함을 바르면서 허공에 흩어지는 커피
향을 음미한다

화려하지 않으나 은은한 향처럼
요란하지 않으나 고요한 맛처럼
조용히 나를 유혹하는 커피 한 잔 앞에 두고
행복한 이야기에서 달콤한 커피에 내 사색도 휘젓는다
시럽처럼 달콤함으로 내 삶을 가다듬는다
그리고 음미한다 내 삶을,
시럽이 용해되어 퍼져가는 커피처럼 살며시

행복한 이야기 북카페

행복한 이야기에선 여러 사람 냄새도
다양한 곡절을 묻혀온 책 냄새도
분위기와 상관없는 그냥 흘러나오는 노래도
서로 혼합되어 커피 향으로 그저 바뀐다

달달한 커피를 마시는 사람은
무제노트를 펴고 쓰담쓰담 제 삶을 적고
쓰디쓴 커피를 마시는 사람들은
때로는 달콤한 사연
때로는 쌉싸롬한 사연들로 표정 바꾸기를 한다

사람과 커피와 책이 만나는 행복한 이야기에선
사람보다 먼저 책이 차향을 음미하고
커피보다 먼저 책이 사람 냄새를 마시고
사람보다 먼저 책이 음악에 취한다

사람을 이미 읽은 책들은 책장에서 명상에 잠기고
시인은 책을 읽고 사람을 읽고
시인을 마신 무제노트는 시인의 마음을 한 줄 한 줄 그린다

북카페 행복한 이야기에선 모두가 모두를 마시고
모두가 모두를 읽는 전설의 주연이다

낚시

네가 좋아할 먹이를 걸어놓고.
난 기다린다 너 오기만을
기다림으로 지칠 무렵
너의 첫 번째 반응

난 긴장한다.
감지되는 너의 두 번째 움직임에
나의 근육은 팽팽하게 긴장한다

너는 누구냐
널 향한 설렘 내 삶이 아름답다
살아있어 느끼는 짜릿함
살아있어야 누릴 수 있는
너의 흔들림

나는 흥분한다
그리고 떨린다.
한밤 이 한적한 곳
너와 나의 밀당
드디어 너를 낚는다

자! 나와 함께 가자

우리만의 공간으로

부조리한 실존

동해 먼 곳에 살다가
영문 모를 불빛에 홀려 떼로 잡혀서
아무런 죄목도 모른 채
줄줄이 줄에 목을 꿰인 오징어들이
바닷바람에 고향을 잊는다

그 어느 미개한 시대에
역모를 꾀하다 들통 나서
교수형을 당하고
저잣거리에 내걸린 역적들의 주검처럼

죄라면 생존을 위해
허우적거린 일밖에 없는데
아무런 예고 없이 소중한 생명을 잃고도
덕장 가로막대에 매달린 반쯤 마른 오징어들이
머언 고향쯤에서 불어오는 해풍을 맞고 있다

때 를 벗 기 며

더불어 살자며
표 나지 않게 딱 들러붙어 사는 때를
원수 대하듯 깨끗이 밀어내면서

속 때는 그냥 두고
꽤 깔끔 떨려니
밀려나는 때에게 부끄럽다
머쓱하다

찜 질 방 에 서

시체는 눈을 열지 못한다
살아있는 존재만 눈을 연다
눈을 열고 세상을 연다

낯선 세상에서 눈뜨면
무질서한 유충 같은 시체들
끔찍한 짜르르함에 눈 부비면
그제야 안다
아직 눈 열지 않은 서글픈 동지들임을

어두침침한 공간에 너부러진 시체들 같은
잠든 자들 사이를 조심조심 걸어 나와
부지런을 떨며 샤워기를 최대한 연다
삶의 현장에서 묻은 먼지를 털어낸다
삶에 찌든 오욕을 씻어낸다

삶의 잡동사니를 꼼꼼히 모두 챙겨 봇짐에 담는다
비우지 못한 어제의 짐
오늘을 살기 위한 잡다한 봇짐에다
존재의 무게를 더하여 짊어지고
고독한 표범처럼 닫힌 문을 열고 세상을 연다

어제는 여기 두고 내일은 내일,
다시 이 공간을 예약할 필요 없이 이유도 없이
나그네는 아무런 자취를 남기지 않는다

전철 환승역에서

쿵
낮잠 자던 토끼가 놀란다.
빨간 눈의 토끼 어이쿠 하늘이 무너진다
토끼자

토끼가 달린다
하늘이 무너지고 있어
약삭빠른 생쥐, 미련한 멧돼지,
동물의 왕 호랑이도 죽어라 도망이다.
꼬리야 빠져라 도망쳤다는 동물들 이야기

한 여자가 치맛자락 나풀나풀 거리며 뛴다
다양한 옷차림의 사람들 덩달아 뛴다
뛰지는 않아도 바람 소리 날듯 급히 걷는다

나도 서둘러 걸어야 하나
그냥 천천히 걷는다
난 사람이다

에스컬레이터는 그냥 서 있어도 내려간다
한 줄은 멈춘 사람들

다른 한 줄로 계단 내려가듯 걸어 내려간다

어느 줄에 설까
멈춘 줄에 선다
나는 사람이다

동물들은 달려가고 나는 걷는다
이른 아침에 한 사람 걷는다

환 승 역 에 서

남들 따라 뛰지 않으면
안될 것 같아
영문도 모르고
이유도 없이
남들 따라 뛰는
내가 한심해
잠시 멈추어 내뱉는
내가 나에게 주는
말 한 마디

"휴"

때

어디에 붙어 있었을까
거무칙칙한 개미들처럼
뜨거운 맛에 놀란
후끈하고 습한 맛에 놀라
스멀거리는 벌레들처럼
드디어 정체를 드러낸
검은 놈들을 떠나보낸다

내 살붙이인 줄 알았으나
내 것이 아니었던 놈들을
내게 빌붙어 살던 놈들을
사정없이 내게서 밀어낸다

나의 부끄럼들이 흩어진다

땡 처 리

딱 한 번 진짜 땡 처리
H백화점 옆 가게는 일 년 내내
〈폐업 정리 땡 처리 딱 일주일〉
깜찍한 사기로 일 년이다

가끔 옷에서 잡동사니로
잡동사니에서 주방용품으로
물건은 바뀌어도 문구는 딱 그대로다

일주일 전에도 땡 처리
엊그제도 땡 처리
오늘도 땡 처리라 내걸었다

땡 처리 그 말이 섬뜩하다
삶이란 단어에 부딪쳐 튕긴다
딱 한 번 진짜 울릴 소리

땡

목 욕 탕 에 서

나는 자유인이다
눈 눈 눈 수많은 눈들
지구 속에 아시아
아시아 속에 한국
한국 속에 서울
서울 속에 도봉구
어디나 어디서나 감시의 눈들

도봉구 속에 좁은 공간
나는 수인번호 147번
자유를 향한 행진곡처럼
내 발목에 사슬처럼 채워져서
달그락 거리며 따라오는 번호판

난 자유인이다
실오리 하나 없이 홀랑 가난한
걱정도 전혀 없는 두렵지도 않은
날아갈 듯한 존재의 가벼움
난 자유인이다!

참 샘

내리는 비라고 모두 샘으로 살아나오지 않는다
내리는 비는 겉물로 흘러가면 그뿐이다
더러는 대지로 스며들어 겉 샘으로 살다 만다
더러는 대지로 아주 깊이깊이 스며든다

흙속으로 깊이깊이 스며든 빗물은
겉물 빠지고 나면
겉샘 빠지고 나면
땅 속의 맛을 훔치고 향을 살그마니 안고
수줍게 풀숲 헤치며 햇살 안고
방긋 웃음으로 저만의 무늬로 살아나온다

옹 달 샘

다른 빗방울들처럼 다른 빗물처럼
내친걸음 내달려 강으로 달려갈 수도 있으련만
대지에 스며들다 금세 밖으로 나갈 수도 있으련만
흙속으로 깊이깊이 스며든 아주 외로운 빗물들

깊은 어둠 속에 살아남은 빗물들
혼자 외로워 둘이 모이고
둘이 모여 넷이 다섯이 함께 모여
섬세하고 가늘디가는 흙속 미로를 따라
메마른 대지 위로 수줍게 풀숲 헤치며
손가락 걸고 어깨 걸어 길게 줄지어
햇살 안고 살아나오며 방긋 웃는 옹달샘

목욕탕

참 별난 세상이다
옷을 입으면 이상하다
홀랑 벗으면 정상이다

참 좋다
실오라기 하나 없이 다 벗으니
옷 입은 세상과 완전한 단절
완전히 무소유에 혼자뿐인 곳
아주 아주 좋은 혼자만의 세상
좋아도 너무 좋다

환 승 역

눈은 살아있다
눈만 살아있다
살아있는 눈들만 반짝인다

살아있는 눈들이 달린다
놀란 토끼가 뛰기 시작하자
동물들 모두 따라서 달려가듯이
반짝이는 눈들이 환승통로로 서둘러 구른다

모두들 앞 다투어 뛰어가는 환승역
안 뛰면 안 될 것처럼 불안하다
영문도 모르고 이유도 없이
남들 따라서 눈만 반짝거리며 따라 달린다

서두름 전염병이 여지없이 도지는 환승역 통로엔
둔탁한 오케스트라로 오늘도 어지럽다

북 카 페   캔 들 나 이 트

노래가 먼저냐
시가 먼저냐
노래와 시는 사촌이냐
사돈의 팔촌이냐
그것도 아니면 원수지간이냐

우리 동네 북카페에서 K시인이 강의를 한다. 나 역시 시
인은 시인이라, 시답잖은 시를 쓰면서 시인이랍시고 가끔
은 시를 가르치는 선생인 주제라, 남들은 어떻게 시를 가
르치나, 교수법을 배울까 하여 들렀더라. 시인의 이름에
어울리지 않게 청강생은 많지 않다. 그나마 학생들 여럿
이 구석에서 강의를 감상하는지는 몰라도 속살거린다.

　　시인의 강의가 끝나면서 시는 시인과 함께 시답잖게 침
묵을 지킨다. 그 대신 그 자리를 노래가 메운다. 아 범인
들이었구나! 속살거리던 학생들이. 갑자기 밀려드는 사
람들, 카페 안이 그득하게 찬다.

시가 승자냐 시인이 주인이냐
노래가 승자냐 노래하는 이가 주인이냐
주객이 전도냐 객주가 전도냐

조용한 시로 시작한 캔들나이트는 잔잔한 시로 끝나자, 사람들이 밀물처럼 우루루 입장한다. 뭔 일이래! 왁자지껄한 노래에 시는 묻히고, 쟁쟁하게 울리는 노래 한마당이다. 마치 유명 연예인이라도 된 듯 카페 안을 소리로 가득 채우는 중2들의 노래가 끝나자 썰물처럼 우루루 사람들이 물러간다. 생동감이 갑자기 고요한 분위기로 바뀐 북카페 한 켠에서 시인은 말대신 시인 릴케가 만난 슬라브 여인을 닮은 여인이 펼친 책 위에 평소보다 긴 문장으로 서명을 한다.

오늘은 시인을 위한 날이냐, 노래를 위한 날이냐, 한 시간의 시가 십 분간의 노래에 처절하게 묻히고 망각되어버린 듯 서글프다. 깊이는 기피를 당하고 표절된 목소리들이 표 나고 광나는 일들이 비단 이 북카페뿐이랴! 시가 끝난 곳에 노래가 살아나고 노래 속에 시도 시인도 묻혀버린 오늘이 왠지 낯설다.

때 의 철 학

보기에 흉하지 않으면 몸 너무 박박 밀어대지 마라
몸의 일부이겠거니 살면 그런 대로 살면 그건 너의 살이니
함부로 벗겨 때라고 밀어내지 마라

겨울이면 덜 춥게 하려 더 두터워지고
여름이면 더우니 스스로 얇어지는
너의 살을 때라고 우겨 밀어내지 말라
제 역할이 있어 붙어살겠다니 억지로 밀쳐내지 마라

역겹지 않고 추하지 않으면
그다지 불편하지 않고 불쾌하지 않으면
그저 네 살이라 여기고 함께 살아라

네 몸에 가만있으면 네 살이요
네가 밀어내면 너와는 인연을 끊는 때가 되느니
억지로 때라고 밀어내다 살까지 밀지 마라

밀어낼 때와 남겨둘 살을 구분하려면
네 몸을 스스로 잘 관리해야 할 터이니
네 몸이 알아서 신호를 보내면 그때 밀어내라
몸을 잘 씻지 않으면 근질근질 때가 켜켜이 붙고

삶을 잘 관리하지 않으면 차곡차곡 쌓이느니 불편불행이라
견딜만 하면 그냥 살고 밀어낼 땐 미련 없이 밀어내라

1호선 전철에서

잡아 잡아 다 잡아!
뭔 소리냐고요
날치기 출현이냐고요
아니요
물건이 굴러가느냐고요
아니요

궁금한가요?
전철 문이 열리자 뒷문으로 들어온 할머니 세 분
앞문 쪽 빈자리를 보고는 저 만치 5미터는 떨어진 곳에서
빈자리 보고 지르는 소리여요

늙는 게 두렵다
총기를 잃는 것 힘을 잃는 것도 무섭지만
품위를 잃는 게 더 두렵다

언젠가 내 미래의 초상화도 일그러질까
그럴까
닮아갈까 벌써 서글프다

갇 힌 개

무주구천동 덕유산 입구에 들어선다
갑자기 개가 짖는다
예고 없이 개 짖는 소리에 깜짝 놀라서
소리 가까이 다가가니 더 요란스럽다
우리 안에 갇힌 개가 짖는다
가까이 갈수록 뛰어나올 듯 더 드세게 짖는다

우리 밖으로 나올 수 없는
우리 안에 갇힌 개는 요란스레 짖는다

모 래 시 계

뜨겁게 몸을 달구고 싶다
질펀하게 땀 좀 빼야겠다
사우나 황토방 95도
잠깐 동안에 온몸이 뜨겁다
땀이 샘처럼 솟는다
벌써 밖으로 나가고 싶다
지독하게 뜨겁다
모닥불 쪼이는 것처럼 화끈 거린다

저 놈의 모래 알갱이들
끈적거리는 땀에 절어 뭉쳤나
저놈의 모래시계 밑이 막혔나
지독하게 게으름질이다
뜨거운 맛 좀 보려니
저 놈의 모래시계 고장 난 시계마냥
골탕을 먹일 양으로 태업을 즐긴다

아 버 지 의   유 산

아버지는 아주 가난하셨다
그 좋아하시는 삼겹살 한 번 실컷 못 드셨다
그걸 알면서도 삼겹살 못 사드렸다
그 아버지의 그 아들다웠다

고약한 병에 잡혀 돌아가시기 삼 일 전
아버지는 전 재산을 내놓으셨다

꼬깃꼬깃 가슴에 감추어 두셨던 돈
병원비에 보태라며 유산으로 건네주신 전재산
삼   만   원

진즉 그 돈으로 삼겹살 실컷 드시지
이게 뭐예요

내 가난했던 날이 아직 얄밉다
—아버지, 오늘은 설날이에요!

사 우 나 에 서   모 래 시 계 를   보 며

1. 건식 사우나

건식 사우나 황토방 95도
잠깐에 온몸이 뜨거워진다
이미 고통의 시작이다
벌써 밖으로 나가고 싶다

저놈의 모래시계는
밑이 막혔나 보다
아주 가는 모래가 지독하게 게으름질이다

2. 습식 사우나

습식 사우나 청옥방 80도
들어서자마자 숨이 막힐 듯하다

굳이 땀을 빼야 하나
서린 김 사이로 보이는 모래시계
아주 잔모래들이 끈적거리는 땀에 절었나 보다

3. 선택

1. 습식으로 들어간다
2. 건식으로 들어간다
3. 아예 포기한다

얼마간 고통을 참으면
그 이상의 후련함을 위하여
땀 방의 문고리를 당긴다

선택이 가능한 사우나에서
의미심장한 미소를 지으며
모래시계를 새로 뒤집어놓는다

그러면
내 삶의 온도는 얼마
내 삶은 건식일까 습식일까
아니면 제3의 온식일까

찜 질 방 에 서

1
내 몸에서 물이 빠져나간다.
온몸에 샘이 파였는지
방울방울 샘이 터져 물이 솟는다.

빠져나갔으면 좋겠다.
불순물만 아니라
불순한 정신의 물도 빠져나갔으면 좋겠다.

내 이웃을 유혹하는
내 달콤한 위선의 물도
그럴듯하게 포장된 가벼운 지식도
빠져나가고 진실 한 방울이라도 있다면

그 한 방울
그 한 방울만이라도 있다면 좋겠다.

2
기진한 몸으로 잠을 청한다
얼마나 피곤했으면
저리도 코골음 소리 크기나 한지

아마 모르지
코골음 소리 때문에 집에서 쫓겨났을지도
아 저 사람 때문에 잠을 잘 수 없는 나는
어떡하라고 나는

무얼 그리 억울한 일 많다고
이를 뿌드득 빠드득 가나

소름이 돋아 잠 못 드는 나는
어떡하라고 나는

무슨 사연일까
찜질방에서 다른 사람 잠을 방해하며
코를 골아대고
이를 박박 갈아대면서
다른 이들의 잠을 쫓는 퇴면사가 된 사연은

그렇게 잠 못 들고 코골음 소리
이빨 가는 소리에 짜증내는 너는
그러는 너는.........

5/
꽃에서
시를
찾다

동백꽃

곱게 화장하고
예쁘게 단장하고
간절히 기다리는 님 향한
뜨거운 마음에
첫눈마저 사르르 녹고

끝내 오지 않는 님
마음마저 사르르 녹아 내려
촉촉한 눈물 맺힌
정열이 빨갛게 구슬퍼라

벌과 꽃

그윽하니 깊은 향이었을까
소곤소곤 달콤한 속삭임이었을까
사랑을 깨운 보드라운 감정은
감미로운 향기로 유혹한
꽃이 먼저였을까
달콤한 속삭임으로 다가온
벌이 먼저였을까

음악처럼 감미로운 사랑을
꿀처럼 달달한 사랑을
함께 노래로 만들어 부르자고 유혹한 이는

산 꽃

가고 싶어도 못 가요
보고 싶으면 당신이 오세요

오래는 못 기다려요

목련

무얼 그리 급하다고
호들갑 떨며 오더니
곱고 깨끗하여
잘 단장하고 온 줄 알았더니

간밤에 내린 비에
화장이라도 지워졌나
간다는 예고 없이
울며 떠난 모습이라니

어쩜 그리도 추하더냐
어쩜 그리도 볼성사납더냐

무얼 그리 급하다고
호들갑떨며 고운 척 오더니

쑥

봄 나온다
봄 나온다
마른 가랑잎 사이로
살그마니

봄이 살짝 머리를 내민다
봄 나온다
살며시
쑥 나온다

봄 나온다
살그마니 그대 향한
쑥스러운 내 사랑도
살짝
쑥 나온다

겨 우 살 이

보아라
참나무 높은 가지
반반하지 않은
못생긴 한 자리 잘 잡아
나무껍질 속에 여린 뿌리 디밀어
사철을 사는 겨우살이의 삶을

보아라
나무는 벌거벗고 잠들어도
그 양분 야금야금 훔쳐 먹고
늘 초록으로 잘도 사는
염치없는 겨우살이를

배우라
숙주보다 가치 있는 명약으로
유혹하는 겨우살이의
흐뭇한 기생살이를

이 끼 처 럼

배울 줄도 알아야지
메마른 딱딱한 바위에
딱 달라붙어
바위를 촉촉하게 해주며
똑 부러지게 점착하여
바위와 공존하는
늘 푸른 이끼처럼

배울 줄도 알아야지
혼자 살 수 없으면
바위에 단단히 뿌리박고
딱 달라붙어 더부살이하는
다부진 이끼처럼

배울 줄도 알아야지
무심무변 바위의 파롬하니 붙어서
포자를 내고 조금씩
바위 전체를 덮어주는
끈질긴 이끼 같은 세상살이를

은 행 나 무

간밤에 몰래 내린
촉촉한 가을비의
부드러운 유혹에 젖어
가지런하고 다소곳이
벗어 놓은 샛노란 치마
너무 곱디 고와라

너무 아름다워
차마 눈 못 들고
샛노란 치마만 만지작만지작

눈 들면 보일
훌랑 벗은 모습은 어떨까?

느티나무

마을 한가운데 우뚝 선 나무를 보라
그 자리를 수백 년 지켜오면서
봄의 온기로
여름의 향기로
가을의 소리로
겨울의 풍경으로
수없는 변조를 침묵으로 일관하는
나무의 듬직함을 보라

드센 바람에도 춤추듯 단단히 선 나무를 보라
수많은 위기를 용케 넘기면서
세상으로 뻗어나가는 만큼
땅 밑으로 숨어서 뻗는
뿌리 깊고 넓은 나무의 의연함을 보라

겉과 속의 균형을 잡으면서
듬직하고 의연하게 묵직한 삶을 뿌리박은
나무의 침묵을 보라

야생화

야! 생화다!
고운데 아주 고운데
예쁜데 아주 예쁜데
이름을 모르니
야생화라고
야! 생화
생화보다 조화
생화보다 진짜 같은 조화
오죽 많으니
생화를 보자
절로 나오는
감탄사 야! 생화
야생화구나!

함 박 꽃

부드러운 바람이 살살 불어서
눈부시도록 깨끗한 하아얀 치맛자락을
살짝살짝 들어 올리면
너무 신비로워라
그 매혹적인 아름다움에
깜짝 놀라 가까이 다가가서
슬쩍 안을 훔쳐보면
벌써 향긋한 내음을 눈이 먼저 맛본다

하얀 치마 속에 수줍은 듯 발갛게
파르르 떠는 섬세한 속살들
그 가운데 노오란 샘이 깜짝 놀라
유체 이탈이라도 할 듯 부풀어 오르면
불던 바람도 놀라 길을 잃고 허둥대는 저녁나절
그윽한 숲속을 즐기는 바람이 부러워라

제 비 꽃

나는 예쁜가요
나는 귀여운가요
아니면 대견스러운가요

생명체라곤 전혀 없을 듯한
딱딱한 보도블록 틈새를
용케 찾아 비집고 나온

콘크리트로 막히고 막혀
빛 하나 간절히 그리울
어둡고 참담한 땅 속 세상에서
희망 하나 오롯이 품고 나온

제비꽃 한 송이
곱기도 하지 가녀린 보랏빛 꽃잎
마침 불어온 이른 아침 봄바람에
앙증맞은 몸짓으로 수줍은 듯
하늘하늘 춤사위로 봄을 노래하며 묻네요

어때요 난 참 예쁘죠
아니면 귀여운가요
아니면 대견스러울 테죠

눈 꽃

어쩜 그토록
백옥처럼 하얗고
실 비단처럼 보드랍더냐

동화에나 나올까
꿈에나 나올까
어쩜 요리도 아름다울까

그냥 지나치다
발길이 절로 멎어
몰래 몰래 살그마니
손 내밀어 살짝 만져보려니
촉촉하니 스며내는 눈물로
슬며시 빠져 나가려는 너는
어쩜 그리도 야속하게 차갑더냐

노 란 민 들 레

콘크리트 벽돌로 덮힌 보도에
좁은 틈새 찾아 힘들게 싹을 내고
용케도 사람의 발바닥을 피해
귀엽고 앙증맞은 꽃을 피워낸
노란 민들레

꽃잎 하나하나 떨구지 않고
고이고이 가슴에 품었다가
씨앗들의 부스럭거림에
살며시 가슴을 열어 대를 올리고
대 위에 씨앗을 보호하는
솜 같은 둥근 집을 만들어
집안에서 잘 여물게 보호하는
엄마 민들레

산들산들 불어오는 바람결에
멀리 멀리 여문 씨알 한 올 한 올
떠나보내며 슬피 이별하는
저녁을 맞은 민들레 마음

자식들 모두 출가 시키고

홀로 저녁 지어 밥상 앞에 앉은

쓸쓸한 우리 어머니 마음

갈 대

갈대는 혼자 살지 않는다
갈대는 가만히 있다 말이 없다
서로 아무런 말이 없다
혼자서 가만가만 잠을 잔다

살살 바람이 잠을 깨우면 갈대는
살랑살랑 서로 몸을 부비며 춤춘다
가벼운 바람이 조금 힘을 주면
서로 어울려 온몸으로 노래하다
드센 바람이 불면 서로 엉키어
힘찬 군무와 함께 군가를 부른다

불러도 혼자 노래하지 않는 갈대는
질펀한 세상에서 울어도 함께 삶을 울고
파랗게 열린 하늘 바라며 함께 삶을 노래한다
갈대는 홀로 노래하지 않는다

단 풍 처 럼

단풍 떨어지는 소리를 듣다
어디선가 일어난
바람에 소소히 내리는 이 소리,
표현할 마땅한 말이 생각나지 않을 만큼
아름다운 이 소리

떨어져 내리면서도
우아함과 단아함을 잃지 않고
아름다운 노래를 부르며
지상으로 비행하는 이 고운 소리

아! 인간이란 위대한 이름을 가졌지만
돈을 잃었다고
사람을 잃었다고
잘 지키던 자리를 잃었다고
살아갈 의미를 잃고
꿈마저 잃은 사람들에게 들려주고 싶다.

죽으려고 내려오면서도 아름답고
썩으려고 땅을 비비면서도 의연하고
고운 자태를 흩뜨리지 않는 단풍들이
춤추듯 내려오는 천상의 음악 같은 소리를

벼랑의 소나무

벼랑에 선 소나무는 벼랑을 사랑한다
벼랑에 선 소나무는 아주 조금씩만 키를 높이며
보다 먼 세상을 보기보다 벼랑 안을 들여다본다
키를 키우는 대신 안으로 뿌리 내릴 자리를 찾는다

벼랑에 선 소나무는 안다
가뭄을 이기지 못한다는 걸
작은 바람에도 쓰러지고 만다는 걸

하여 키를 높이는 대신 이리저리 뿌리를 뻗는다
아주 소중한 흙을 찾아 제 뿌리를 들이밀려
때로 벼랑을 타기도 하고 넘기도 한다
한 방울 물이라도 얻으려 한 톨 흙을 찾아
키만큼 단단하고 강한 뿌리를 키워간다

벼랑에 선 소나무는
혹독한 세월만큼 더 고상한 자태를 뽐낸다
살아온 세월만큼 안으로 단단해진다

벼랑에 서서
벼랑에 서서
지난한 세월만큼 더 강하게 벼랑을 껴안는다

능선의 소나무

바람이 드센 능선의 소나무는 키를 높이지 않는다
키를 높이는 대신 단단히 안으로만 근육을 키운다
아주 더디게 조금씩 조금씩만 키를 높이며
안으로 참살을 찌워 단단한 근육질로 저를 만든다

확 트인 능선에 선 소나무는 속으로 저를 단련한다
삶이 고되고 힘겨울수록 안으로 저를 다듬으며
굳세고 강하게 바위 틈새를 찾아 뿌리를 깊이 깊이 박는다

능선에 선 소나무는 키를 자랑하지 않는다
흐르는 세월만큼 더 단단해져서 드센 바람을 즐긴다
매끈한 키를 자랑하는 대신 켜켜이 다부진 근육을 자랑
한다

감

먹음직도 하지
보암직도 하지
유혹할 만큼 탐스럽기도 하지

만지면 금방이라도 터질 듯한 몸이
손에 닿을 수만 있다면 따고 싶을 만치
성숙할 대로 성숙한 탱글탱글한 몸이 하도 매혹적이다

고운 선에 윤기 자르르 흐르나니
곱기도 하지 당장 달콤함이 묻어날 만큼
정열 넘치는 진한 색조에 마음이 동하여
거기 그대로 멈추어 입맛만 다시다

한 꺼풀 한 꺼풀 옷을 벗더니
드디어 드러난 익을 대로 잘 익은 몸이
입에 대면 내 몸속으로 달콤함이 한꺼번에 쏙 빨려들 듯
유혹하기만 하고 다가오지 않으니 속만 태우다

먹음직도 하고
보암직도 하고
내 욕망을 단 한 번에 채울 만큼 탐스럽다만

손에 댈 수 없는 금기 앞에서 입맛만 다시노라니
뱀의 부추김에 넘어간 아담과 이브가 부러운 가을이다

꽃 과 사 람

꽃은 예쁘고 아름다운데
사람은 홀로 있는 사람은
처연하게 외롭다
여럿이 모인 사람들은
서로 부대끼며 괴롭다

사람은 홀로는 외롭고
여럿이 모이면 번잡한 세상인데

꽃은 홀로 있으면 예쁘고
여럿이 모이면 아름다운 꽃밭인데
사람은 홀로도 여럿이도

왜?

연 꽃

흐린 연못에 발을 담그고도
어쩜 저리도 고운 꽃을 피웠을까
투명하도록 깨끗한 이슬에 보석처럼 반짝거리는
해맑은 햇살을 안아 들인
멜랑꼴리한 미소가 야하게 아름다워라

야한 듯 순수한
강렬한 듯 부드러운
유혹하는 듯 수줍은
살며시 고개 숙인 모습이 슬프도록 신비로워라

있는 듯 없는 듯한 은은한 향에 취한 바람마저
길을 잃고 사르랑사르랑 연못 안에 갇혀 헤매면
명랑한 듯 부끄러움 타는 소녀 같은 미소를 지닌
은근한 매력의 내 사랑이 문득 아프도록 그립다

연꽃들은 여기 연못에 곱게도 피어나고
그리움은 연꽃마다 수줍은 듯 살아나고
내 마음은 연못을 맴도는 바람처럼 그리움에 젖어 헤맨다

잡 초

누가 돌보지 않아도 잡초는
끈질기게 살아남는다.
때로 밟히고
때로 찢기고
때로 바닥에 눕혀져도
애써 일어나 제자리를 찾는다
아파도
힘들어도
견뎌내며 찢겨진 상처를
자기만의 삶의 무늬로 만들며 산다
잡초는 스스로
저를 위로하며
상처를 상처로 두지 않고
아름다운 삶의 무늬로 바꾸어 산다

봄 비 와 꽃

사근사근 속살거리는 언어로
비가 봄비가 부드러운 봄비가 내려요

빨간 꽃에도
연분홍 꽃에도
새하얀 꽃에도 살풋살풋 감미롭게 내려요

더 빨개진 빨간 꽃이
더 깨끗해진 연분홍 꽃이
더 해맑아진 하얀 꽃이
곱디고운 눈물 머금었네요

슬퍼 눈물 흘리지 않는
가슴 벅차 눈물 머금은
꽃들 좀 봐요

어쩜 이렇게 아름다울까요
어쩜 당신을 쏙 빼닮았네요

덴 드 롱

튼실하게 잘 자라고요.
꽃도 예쁘게 피고요
그런데 이름은 몰라요
선생님 키워 보세요.

대궁만 멋대가리 없이 80센티미터
그저 평범한 녹색 이파리면서
게다가 넝쿨 끝에 몇 잎 엉성하게 달렸다.

나무도 아닌 것이
꽃도 아닌 것이
그래도 살았으니 2년을 살렸다

어라, 흰 종이로 접은 육각형 공마냥
꽃이냐 네가 반갑다
어라, 하룻밤 새고 또 보니 흰 꽃 위에 빨간 심이라
오호 넌 열매냐
한나절 지나고 다시 보니 빨간 심이 벌어져
빨간 꽃이 그저 앙증맞게 귀엽고 예쁘다

요 요 요 요물 같은 꽃의 변신은 어디 까지랴

그래 내 사랑하는 여자를 닮아 어여쁜 너의 변신은 무죄다

그래, 네 이름은 뭐냐
이제야 네 이름, 2년 동안 묻지 않은 네 이름이 왜 궁금하다
넌 내가 물을 주어 기른 내 꽃이니까
꽃이 진 날에도 지금의 너로 기억하며 다시 물을 줄 거니까.
지금의 사랑스러움을 추억하여 널 귀여워 할 거니까

넌 나의 꽃
네 이름은 덴드롱이 아닌 나의
앙증맞은 사랑 꽃

그리움

꽃이 피었네
꽃이 피었네
그 사람이 좋아하는 산철쭉이 피었네
곱게도 피었네

꽃이 웃네
꽃이 활짝 웃네
그 사람처럼 예쁘게 활짝 웃네
화알짝

밤 꽃

진한 향이 자극하는 초야를 모르는
애송이 아가씨가 아니라면

하도 오래 되어서 추억마저 상실한
여성을 잃은 할머니가 아니라면

아주 고적한 밤에는
한없이 외로운 밤에는
흐드러지게 늘어진 밤꽃 아래에는
갈 데가 아니라는 걸
여인은 알고 있으리라

양 파 를 벗 기 며

잘 어울리는 구릿빛 몸을 따라
우아하게 그려지는
너의 곡선

그 안에 감추어진 너의 향을 느끼려
너를 살며시 벗기면
눈부시도록 하얀 또 하나의
색다른 네 모습

조심스레 아주 조심스레
너를 한 꺼풀 더 벗겨내면
눈이 시려 눈물이 난다

그래도 그래도
사뭇 더하는 호기심으로
너의 속내를 더 벗겨내려면
이번엔 콧등마저 시큰해지며
줄
줄
눈물 흐른다

기어코
네 깊은 속 다 들여다보기도 전
네 속내를 다 알기도 전
손을 멈추고 물러나고야 만다

나무

시가 되는 나무가 있다
여린 가지 맨 끝에 달린 잎사귀에서
가슴까지 뱉어낸 눈물이 흘러
가지를 타고 내려와 밑동 그 아래까지 흘러
가지를 타고 내려와
밑동 그 아래까지 흘러 뿌리로 전달되는
끈질긴 생명력으로 홀로 선 고고한 나무가 있다

시가 되는 사람이 있다
손끝만 닿아도
가슴을 요동치게 하여
내 깊은 뿌리 채 흔들어
뜨거운 피를 용솟음치도록 울림을 주며
나의 뜨거운 숨결을 기다려 선 아름다운 사람이 있다

끼 리 끼 리

나무는 나무끼리
풀은 풀끼리
서로 어울려 평화로운 숲을 이루듯

돌들과 물이
도란도란 속삭이며
정다운 내를 이루어 흐르듯

여름을 잘 견딘 고운 열매가
파란 하늘에 매달려
아름다운 풍경화를 이루듯

너와 내가 어울려
감미로운 노래로
감칠맛 나는 사랑의 정원을 가꾸어 가듯

봄 꽃

자분자분 내리는 봄비에
꽃들이 푹 젖어 운다
하염없이 맘껏 울고 울다가
비 그치고 바람 한 줄기 불어 지나면
언제 그랬냐는 듯 이내 울음을 감추곤
미처 숨기지 못한 커다란 눈물방울 하나에
어딘가 오고 있을 내일의 슬픔을 미리 달아맨다

울고 있을 때에도
울음을 그치고 난 후에도
그렁그렁한 눈물방울 감추지 못한 때에도
꽃은 너무 맑게 예쁘다

꽃은 언제나 맑고 밝게 제 이름을 빛낼 줄 안다

코스모스

초록빛 향기 지나간 거리
여기저기 잎사귀들이 가을을 노래하며
별빛을 타고 흩어지는 계절 끝에
애련한 모습의 소녀 되어
가냘픈 허리로 하늘거리며 그리움의 세월을 센다.

보라색 흰색 꽃단장으로
다소곳이 머리 숙이고
뽀얀 먼지 이는 길가에 선채
지나는 버스마다에 절레절레 도리짓하며
행여 오실님을 찾는다

하늘로는 비행기 날고
땅 위로는 고속도로가 훤히 트여
온 지구촌이 이웃인데
늘 청순한 매무새로
부끄럼의 불을 태우며
손가락 발가락 셈으로도 다함이 없는
긴 지루함의 기다림의 날들을 센다

목 련

마음 절절이 스며드는 한파의 시샘으로
죽은 채로 마른 듯이 참고 지내다
인고의 계절 침묵으로 살고 나서
따사로운 햇살의 입맞춤으로
닫힌 마음 열어 젖혀
새 날을 맞는
작은 꽃망울

나무라 하여 다 꽃피움 아니고
꽃이라 하여 다 열매 맺음 아니니
사시사철 피는 꽃은 열매 없어도
봄에 피는 꽃은 열매 맺느니

지나간 날은
아름다움으로 남아
해맑은 미소로
꽃피는 날에 살음에
맑은 별 뜨는 내일이 마음에 들어
한껏 부푼
꽃 봉우리

긴 어둠의 터널 숨어 나와

견디기 싫은 추운 날 헤쳐 지나서

드디어 웃음 짓는

한 송이

꽃

연 꽃

살랑살랑
사르랑사르랑
사랑사랑거리는 바람에 세상의 창을 열고

우수 섞인 깨끗한 아침이슬 머금고
해맑은 햇살 한가득 맞으며 살짝 미소짓는
매혹적인 듯 순수한 맑은 색조로 함초롬히
고운 자태의 신비

내 여인을 연상케하는 여름날의 꽃
초록의 방에 모올래 숨어
부끄러운 듯 살짝 내보인 얼굴
깨끗한 순백의 수줍은 모습

함박꽃

하도 우아해서
살그마니 하이얀 치마 속
궁금하여 들여다보려니
두어 겹 속치마 속에
살짝 긴장한 듯
떨리는 듯 빨간 정렬

빨간 장미

보면 볼수록 참 좋다
보면 볼수록 참 예쁘다
살짝 만지면 보드랍다
다시 살며시 만지면 촉촉하다

떨어져 보면 한 겹인데
가까이 보면 여러 겹이 신비롭다

가까이 할수록 더 신비롭고
가까이 볼수록 더 고운
너는 내 계절의 진정한 여왕이다

연 잎 밥

잘 차려진 밥상인데 밥이 안 보인다
정갈한 찬들이 옹기종기 다정하게 자리 잡고
군침을 돋우는데
장작 꼭 있어야 할 밥이 안 보인다

모두들 제 모습 드러내 보여주는데
두툼한 연잎을 입은 연잎 밥
내용물이야 밥일 것을 뻔히 알면서도
선물 포장지를 벗겨내고 내용물을 확인하는 마음처럼
연잎 밥은 벗겨내는 색다른 맛이 있다

연앞 밥이야 그냥 벗기는 맛이지만
벗겨내는 색다른 맛으로 치면
어찌 연잎 밥을 말하랴
....
하긴
사람은?

6/

계절에서
시를
따다

가을 하늘

바람의 살랑거림이었을까

실오라기 하나 없이

홀랑 벗은

전라의 눈부신

여배우처럼

구름 한 점 남김없이

홀랑 벗은

눈부시도록 파란 하늘

더 무엇을 보여주려고

노을

이별이 서러운 자리에는
사랑으로 승화되어 꽃으로 피었다
마음이 너무 매어져서
울음이 솟구치는 날이 아니면
저녁의 한쪽 끝에서 곱다란 꽃이 되었다

그건 언제나 기쁨인 줄 알았다
어제의 노을이
오늘의 노을이
또 내일에 필 노을이
마냥 같은 것인 줄 알았다

곱게만 느껴지던 노을이
지금 콧등이 시큰해지는
슬픔인지 감격인지 모르게
울고 싶은 지금에야
노을이 슬퍼하는 마음을 알았다

가을 하늘

바람이 쓸고 간 하늘이 높푸르다
촘촘히 떠 있는 남쪽 바다의 섬들처럼
양털구름 꽃처럼 핀 하늘엔 그리움도 피어오른다

내 마음은 그리움 따라
풍선처럼 부풀어 올라
저어기 섬 하나에 날아올라 날아가고 싶다
사랑하는 그대에게로

겨울의 길목

무언가 있다
추위에 떨며
몸을 추세는 나뭇가지의 앙상한 몸짓으로
바람이 지나고 있음을

삶을 다한 나뭇잎이
고요한 저녁의 정적을 깨고
무너져 내림에서 바람이 지나고 있음을

그 어떤 내음도 없고
그 어떤 소리도 들리는 듯
아닌 듯하고 분명 보이지 않는데
무언가 있다

어제도 그랬고
오늘도 그랬고
내일도 그렇다
숨죽인 가을 숲을 소리 나게 하며
이별로 흐느끼는 일년 생 풀밭에 스며서
설움을 부추기고 부끄럽게 달아오른
태양의 얼굴을 창백하게 만들며
바람이 울면서 가고 있다

가을 바람

가을 물든다
가을 물든다
바람이 물감을 들고 다닌다

들이 물든다
산이 물든다
바람이 여러 물감을 칠하고 다닌다

산만
들만 물드는 게 아니다
바람이 내 마음에도 물감을 칠한다

가을 물든 마음으로
바람 맞으러 나선 길
젊은 날의 방랑이 그립다

봄

1
봄이다
봄의 소리

얼음 속으로 흐르는
돌돌돌 물소리
돌돌돌 포옹
물방울 소리
그 소리들처럼
새근새근 너를 향한 내 심장 소리도
쌔근쌔근 새근새근
쿵

2
봄이다
고요하던 숲
적막을 깨고
낭랑하게 들려오는 새소리
봄이 잔뜩 묻어 있다

지즐지즐 재잘재잘 유쾌한 노래

쨀쨀글 쨀쨀글 즐거운 노래
쪼로롱 뾰로롱 영롱한 노래
숲을 가득 채우는
참 다정한 새들의 사랑 나눔

3
봄이다
어디서 나왔나
노란 나비 폴락폴락

봄이다
어디서 오나
하얀 나비 폴락폴락

봄이다
너에게로 날고 싶은
내 마음도 팔랑팔랑

봄이다
너를 향한 설렘으로
가득 채운 내 마음도

눈 오는 날

난 눈이 좋아요
사푼사푼 조용히 내려서
온대지를 공평하게 덮어주어
하얀 세상 만들어주잖아요
난 물이 좋아요
가만가만 쓸듯이 물을 마시면
달뜬 마음 갈앉고
마음이 편안해지니까요

난 눈물도 좋아해요
눈이란 말이 물이란 말을 만나면
눈물이잖아요

눈이 살살 녹으면 물이 되고요
물이 살짝 얼면 눈이 되잖아요
살살이나 살짝살짝 만나는
눈과 물, 난 눈물도 좋아해요
난 당신의 눈물도 사랑하니까요

한 잎이 되려는 꽃에게

절로 피어나는 꽃이 어디 있으며, 이유 없이 세상에 오는 생명
이 어디 있으랴 한 송이 꽃이 피어나는 것도 아스라하게 피어나
는 연초록의 하잘 것 없는 잎새 하난들 저절로 피어나는 이파리
가 어디 있으며 물기 머금지 않고 피어나는 꽃 한 송이가 어디 있
으랴 더러는 이파리가 되기 전에 지난겨울에 이미 죽었고, 망울로
자라기 전에 찬바람에 얼어서 이른 생을 마감하는 꽃도 있으며 피
다가 피지도 못하고 스러진 꽃도 또한 있으니, 이렇게 피어나 비
를 맞으면서 그 비를 원망하지만 너는 얼마나 행운아란 말이냐.

지금 피어서 여러 색깔을 골라 입고도 다른 꽃의 색깔을 부
러워하며 시샘하는 너는 바람을 맞으면서 바람이 차갑다고 원
망하지만 바람 한 번 맞아보지 못한 꽃이 되어보지 못한 귀한
생명들도 있었나니 진작 생겨나지도 못할 꽃이 너였을 수도 있
었나니 너의 욕망은 지나치게 사치스러운 것이라는 걸 너는 모
르느냐

그렇게 모든 것을 누려서 한 송이 꽃이 되었거늘 물기를 머
금다 피지도 못한 채 스러질 운명일 수도 있는 너였으니 너는
쉽게 피어난 꽃이 아니었나니 너는 아예 생겨날 수도 없는 꽃
이었나니 그저 감사하는 마음으로 네 생명의 아름다움을 맘껏
노래하라 쉽게 떨어지는 것을 원망하며 너의 열매 맺을 자리
에 더는 욕심내지 말며, 짧은 생을 원망하며 오래 피는 꽃을 부
러워할 것이 아니라 존재하는 모든 생명은 신의 숨결로 피어난
것이니 그저 감사하는 마음으로 조물주를 찬양하라

태 풍 차 바 가 떠 난 가 을 하 늘

저토록 맑고 티 하나 없는
고와도 너무 고운
저 고결한 자태 보라지

사정없이 할퀴고
잔인하게 때리고
공포스럽게 몰아쳐서
처절하게 망쳐놓고도
저렇게 뻔뻔스러운 티 없이 맑은 모습 보라지

너무 슬퍼 우는 법조차 잊은
망연자실 주저앉은 이들 어쩌라고
어쩌면 저리도 태연할까
어쩌면 저리도 점잖을 뺄까
참 뻔뻔스럽다

맑고 깨끗한 저 가면 속에 흉악스러움이
저주스럽도록 더 얄밉다

여 름 에 게

도를 넘는 뜨거움에
그토록 떠나기를 바랐더니
시답잖은 비 내리던 그 밤
아무런 예고 없이
흔적이 묘연하기에
잠시 자리 비웠다가
다시 오려나 했는데
갑작스레 종적이 묘연하다

못 다한 말 남았는데
황망함만 남기고 결국
그렇게 가버린 너
툴툴대기만 했는데
애정 어린 마음 한 조각도
표현 못했는데
갑자기 떠나보내 미안하다

5월에

얼음 덜 풀린 계곡을 지나
흐르는 맑디맑은 차가운 물을
바라만 보면 그저 즐겁게
지나가는 연속이다만

거기 발 담그면
짜르르 알싸한 긴장으로
좀 참을만한 아름다운 고통
싸악 온몸을 훑고 지나는 듯한
살아 있음을 느끼게 하는 짜릿함

그저 바라만 보는 시선엔
짜릿한 긴장도 전율하는 열정도
흐르는 물과 같을 뿐이어서
기어이 고통이어도 싸한 물에
발만 담그랴 온몸을 잠기랴

그냥 흘러가는 물만 바라보며 산다는 건
얼마나 얼마나 잔인한 삶의 유기냐

눈 온 날

온통 하얀 세상 마음이 화안하다
한 가지 색만으로 이토록 아름다운 세상
누가 만들어 놓았을까

수많은 사람들이 어지럽힌 세상을
말끔히 지울 수가 없다는 걸
아는 신께서 어지러움을 지우는 대신
하얀 눈으로 덮으셨나 보다
실험 삼아.........
지워도 지워도 곱게 지워지지 않으니
신께서 하얗게 덮어버렸나 보다

그러고는 신께서는 이렇게 바라실까
하얀 눈이 녹지 않도록
제발 녹지 않도록 찬바람만 쌩쌩 불기를

하얀 눈

재주도 좋지
밤새도록
부스럭 부스럭 거리더니
산마다 들마다
온통 하얀 꽃 낳아 놓았네
하얀 색 딱 한 가지로
모두 모두의 개성을 살려서
가장 아름다운
지고지순한 세상 낳아 놓았네

시간의 유혹

살랑살랑 부는 바람
꿈을 주는 바람
싱숭생숭하게 하는 바람

설렁설렁 부는 바람
열정을 주는 바람
방랑하게 하는 바람

산들산들 부는 바람
사색을 주는 바람
멜랑꼴리하게 하는 바람

어디서 와서 어디로 가고 있을까
달콤한 꿈을 안겨주고는
이내 가슴에 휑한 구멍만 키우면서
쓰디쓴 지우개로 내 꿈을 지우기 시작하는
이 바람은

늦 가 을 이 면

늦가을이면 나는 시인이 된다
낙엽이 살아서 나에게 말을 걸을 때
가을이 나에게 노래를 불러줄 때
나는 시인으로 살아나 가을을 시로 쓴다

늦가을이면 나는 시인이 된다
내 마음은 가을을 살리고
가을은 내 마음을 살리니
시인이 되지 않을 수 있으랴

늦가을이면 나는 시인이 된다
마음에 일렁거리는 가을을 담는다
가을을 구실 삼아 내 수줍은 마음을 보낸다
내 마음을 읽어줄 사랑하는 사람
너에게

가을 한낮

소리 없이 부는 바람에
살포시 올라앉은 가을이
비단결 스치듯 사르락 거리며
한낮을 깨우며
내려와 내려와
다소곳이 옹기종기 모여앉아
조곤조곤 추억을 나누는 산책로

산책하는 이들의 발밑에서
경쾌하게 바스라지는 건조한 가을이
사르락사르락 비단결 고음으로
바스락바스락 마찰음으로
열 식은 한낮을 가로질러 별리를 서두를 즈음

누군가의 가슴엔 결 고운 사랑으로 내려앉고
누군가의 가슴엔 속앓이로 바스러지는
미묘한 가을 한낮이 산책로에서 잠시 졸고 있다

9 월 의   하 늘

하늘 참 맛있다
솜사탕 그득한 가을 하늘이 참 달달하다
입술 주우욱 내밀면 달콤함이 흘러들 듯
입에 물면 살살 녹아 사르르 스며들 것 같다

옥빛처럼 파란 배경에 솜사탕 닮은 보드란 양털구름이
참 달콤하다
하늘 참 보드랍다
냉큼 뛰어들면 폭신하고 보드란 감촉에 매료될 듯
하늘 참 보드랍다

맑디맑은
곱디고운
보드랗고 달콤한 하늘 한 켠에
그대와 나의 보드라운
그대와 나의 달콤한
사랑을 위한 신방 하나 장만하고 싶다

여름의 노래

여름엔 모두 초록물이 든다
오늘은 더 유난스러운 아침의 따가운 눈총에
깜짝 놀라 깨어난 바람이 방향을 잃고
허겁지겁 숲속을 헤맨다

아침 내내 허둥거리는 바람의 성화에 나뭇잎들이
숲의 분위기를 한껏 돋우며 나긋나긋
숲속의 요정을 흉내 내어 초록춤을 춘다

여름엔 모두 전염성이 강하다
전설 속 공룡이 움직이는 것처럼
숲 전체가 한 몸처럼 어깨춤을 들썩이면
아직 게으름 피우던 새들이랑 벌레들이랑
모두들 다양한 목소리로 부르는 합창엔 초록이 짙다

여름 숲속에선 춤도 노래도 초록이다
여름엔 노래에 춤에 향기에
그리고 마음에도 온통 초록물이 든다

오늘

난 오늘이 좋아요
꽃 찾아 방랑하는 나비처럼
꽃으로 기어드는 벌레들처럼
바람이 두려워 떨고 있는 꽃처럼

슬프다
아프다
두렵다
살아 있음을 느낄 수 있는 오늘이
파르르 떨리는 긴장으로 맞는 오늘이
난 좋아요

난 참 좋아요
아무런 그림이 없는 오늘이
백지로 다가와 알 수 없는 두려움으로
팽팽한 긴장감으로 맞이해야 하는 오늘이
하지만 새로운 나만의 역사를 엮어갈 수 있어서
설렘으로 맞을 수 있는 오늘이 난 좋아요

난 오늘이 좋아요
지난날을 가만 되돌아볼 수 있고

오는 날을 슬쩍 엿볼 수 있고
조금은 긴장하며 설렘으로 맞을 수 있는
살아있음의 확인만으로도 오늘이
난 참 좋아요

잔인한 우리들의 4월

진도 앞바다에 비가 내린다

　안녕이라고 인사도 못한 슬픈 영혼들의 눈물이 부르다 부르다 다 못 부르고 끝내 오열하다 오열하다 못내 참으며 가슴 깊이 박혀버려 가슴에 묻지도 못하는 꽃망울들을 부르는 가슴들에서 새어나간 소리 없는 울음이 비가 되어 추하고 어지러운 세상 끝에서 파르르 떨고 있는 가녀린 나뭇가지들의 속울음이 한없이 애달프다

　남아 있는 꽃망울이라도 피우려고 그래도 살아남아 그 한을 풀려니 울고 싶어도 울음이 막혀 울 수도 없음이 원망하려 하면 원망스러운 것들이 너무 많아 차마 원망도 못함이 세상에서 가장 힘들고 어려운 일이라는 걸 처음으로 절감하며 추하고 어지러운 세상 끝에서 파르르 떨고 있는 가녀린 나뭇가지들의 속울음이 한없이 애달프다

　잘 가란, 더는 아픔 없는, 파렴치한이 없는, 무책임한, 무능한 무질서한 것들이라곤 없는 저 세상에서 잘살란 말도 못한 한도 못 푼 힘없는 나뭇가지들의 소리 없는 오열들이 비가 되어 내린다 하염없는 회한들이 바다 위를 표류한다 추하고 어지러운 세상 끝에서 파르르 떨고 있는 가녀린 나뭇가지들의 속울음이 한없이 애달프다

　잘가란 한 마디만 하고 떠나보냈어도........ 뼈아린 원망들이 바다 깊이 세월호 속으로 가라앉는다 무능한 키

큰 나무들 작은 나무들도 무책임하게 가라앉는다 그 안에
살아있던 꿈도 희망도 양심과 함께 모든 게 같앉은 잔인
한 대한민국의 4월이다

봄 바 람

사랑사랑 설레다
살랑살랑 부푼 바람 되어

이 산 저 산
이 들 저 들
이 강 저 강

산 넘어
들 지나
강 건너
이 마을 저 마을 옮겨 다니며

살아 숨쉬는
아주 자그마한 미물들에서
잡다한 고민 안고 사는 사람들에게 까지
신비한 설렘을 퍼뜨려 선잠을 깨우는 야릇한 바람

저 바람 따라
저 바람 타는 방랑자이고 싶어라

봄날의 얼음을 보며

한 번 보고 또 보아도
보면 볼수록 더 아름다워 보이고,
더 예뻐 보이는 자연이 빚어낸 예술의 극치

고스란히
나만의 공간에
남몰래 모시어 가고 싶은
잡티 하나 찾을 수 없는 순백의 예술

밤새 바람의 신이 어루만져
정성스레 빚어 모은 지고지순의 창조물

문득
숨 떨리게 보고 싶다
그 사람

봄 에 게

내 사랑이다 너는
길고 긴 기다림 끝에 애써 찾은 너는
한걸음에 달려와 반겨 맞을 법도 한데
오던 길 멈추고 애만 태우는 너는

지나가는 여인에게
지나가는 눈길만 그저 던졌을 뿐인데
너답지 않은 오해로 오다가 멈추어 선
너는 나의 외로움이다

내 그리움이다 너는
마음에 남기지 않은 추억으로
마음 두지 않은 말 몇 마디 그저 건넸을 뿐인데
못 본 듯 넘어갈 수 있을 법도 한데
웬 질투로 쌀쌀맞게 돌아선 너는

내 진한 고독이다 너는
너의 뒷모습에서 냉기가 일어 나를 떨게 한들
너의 독한 한 마디에 가슴마저 얼얼한들
그래도 너는 내 사랑이다

너는 진한 내 사랑이다
돌아서는 척 다시 다가온 너는
어느새 내 이마에 닿을 듯
내 코에 와 닿는 너만의 향기
내 입술에 스치는 너의 입술
따스함으로 다시 느껴지는 너는
내 밖으로 밀어낼 수 없는 내 운명이다

어 제

사랑한다 사랑한다 말은 하면서도
제대로 사랑 한 번 주지 못했네
내 너에게

사랑한다면 사랑한다면
입술로 모자라 손으로 너를 보고
머리에서 발끝까지 보고 또 볼 것을
얼굴이나 눈길로 어디 한 번 보았으랴

갈 테면 가라 갈 테면 가라고 큰소리 쳐 보내놓고
보채는 너를 짜증내며 보내놓고
때늦은 그리움만 핥는 못난 내 소갈머리

너를 꿈꾼들 그렇게 너를 꿈에서 본들
돌아오지 않을 돌아 올 수도 없을 너를
후회한다며 무릎 꿇고 용서를 빈들

뒷모습만 보이며 냉정히 돌아선 너는 돌아서지 않으니
그리움이 병이 된들 다시 못 올 내 사랑이여

깨어진 이 사랑
달콤할 줄만 알았던 이 사랑

유 월 에   내 리 는   비

초여름을 알리는 빗방울
유리창위로 또르르 구르면
문득 솟아나는 그리움

어떤 색깔
어떤 향기로 감싸서 나를 울리나
조팝나무 하얀 꽃처럼
그대 그리움 되어
바람 따라 어디로든 걷고 싶다

그리움만큼이나
줄기차게 내리며
또로록 소리 내며 유리창을 적시면
빗줄기 따라 흐르는
그대 향한 그리움을 안고
맑은 햇살 되어 응달지고
추운 곳을 찾아나서는
그 마음 되고 싶다

7 /
그리운
사람에게서
시를 마시다

엄마의 이름

불러도 대답 없는
슬픈 아버지란 부름보다

이젠
다시는
다시는
볼 수 없어
가슴 에이게 아픈
엄마의 이름은
그리움

어머니란 나무

시가 되는 나무가 있다. 여린 가지 맨 끝에 달린 잎사귀에서 가슴까지 눈물을 뱉어낸 나무는 밑동 그 아래 뿌리 끝까지 눈물을 내려 보낸다. 뿌리 끝 하나도 빼놓지 않고, 가지 끝 하나도, 심지어 잎사귀 하나도 소홀히 않고 눈물을 실어 보낸다. 어쩌면 저리도 꼼꼼할까. 저토록 많은 잎새들 하나하나 셈하며 고루고루 단 하나도 버리지 않고 끝까지 눈물을 나누는 섬세한 마음이 또 있을까. 가장 가는 잎새 끝에서 가장 길게 뻗어나간 아주 가는 실오리만한 뿌리끝까지 눈물을 짜내어 먹이는 저토록 고요한 눈물의 노래가 또 있을까. 나무는 끈질긴 생명력으로 고고하게 홀로 선다. 삶 자체가 시가 되어 든든히 서 있다.

시가 되는 사람이 있다. 손끝만 닿아도 가슴을 요동치게 하여 내 깊은 뿌리 채 흔드는 사람이 있다. 머리올 하나하나에서 발끝까지 아름답고, 움직임 하나하나 단정하고, 한 문장 한 문장 말 한 마디 모두 품위가 있어서, 흐트러짐 없는 삶 자체가 나무를 닮은 사람이 있다. 신비로 다가와 내 머리 끝에서 내 발뿌리까지 뜨거운 피를 용솟음치게 할만큼 내 가슴에 울림을 주는 사람, 나의 뜨거운 숨결을 기다려 선 아름다운 사람, 생각하면 그리움을 주는 사람, 바라보면 애절함을 주는 사람, 가까이 하면 마음을 울컥이는 사람, 그래서 내 마음에 시로 살아있는 사람이 있다.

그 한 사람으로 세상이 저절로 시가 되어 걸어와 내 마음을 두드리며 사랑을 노래하라 한다. 내가 가장 사랑하는 사람, 나를 가장 사랑하는 사람, 세상에서 가장 고귀한 이름의 사람, 커다란 나무처럼 언제나 그 자리에서 나를 든든히 지켜주는 사람, 큰 나무를 닮은 사람, 그 나무 자체가 된 사람이 있다. 나무가 이 끝 저 끝 고루고루 물을 나누며 살듯, 내 몸과 마음 구석구석을 온전히 사랑하는 사람, 시가 된 사람이 있다. 시처럼 아름답고 시보다 섬세한 사람이 있다.

어머니의 배웅

가면 언제 또 오냐
배웅하며 힘들게 고인 말 건네신
어머니 말씀에 등 뒤가 슬프도록 뜨겁다

보고 싶다 하시면 곧 올게요
애써 빈말처럼 가볍게 대답 한 마디 골라 올리고
돌아서는 등 뒤에 쏟아지는 어머니의 눈길에
차마 다시 돌아보지 못하고 울먹인다

수년전 배웅하는 엄마는 어른처럼 든든했는데
오늘 배웅하는 어머니는 아이처럼 서럽다

가면 언제 또 오냐
보고 싶다 하시면 곧 올게요

애써 웃으면서 빈말처럼 고인 말 벗어놓고 오는 등 뒤에
어린 아이를 두고 오는 것 같은 슬픔으로 울컥 하여
차마 눈을 감은 채 손 흔들고 돌아서는데
5월을 잊은 9월의 철없는 장미가 마냥 서럽도록 아름답다

엄 마 생 각

바람이 불면
바람 함께 맞고
비 내리면
비에 함께 젖고
해맑은 날엔
함께 햇살 받으며

기쁨도
슬픔도
함께한 길었던 시간이 애련해
가장 고운 색 옷 갈아입혀
떠나보내며 떨구는
가을 나무에 맺혔던 이슬처럼

길 떠나는 자식 위해
따슨 밥 해주려고
아궁이에 불 지피며
연기를 핑계로 슬며시 감추던
엄마의 눈물
엄마!
문득 그립다

엄마의 마음

딱딱한 보도블록 틈새
용케용케 찾아 나와
어쩜 고운 참 어여쁜
앙증맞은 귀여운 꽃
화안하게 피우더니

한 꽃잎 한 꽃잎
한 잎 한 잎 떨구지 않고
가만가만 모두 꼬옥 안아
온힘으로 꽃대 하늘 향해
살금살금 저만큼 밀어올려
이제저제 때 기다리더니

잘 익은 홀씨 날아갈 때쯤
바람 좋은 푸른 봄날
드디어 훨훨 날려 보내고
시들마른 꽃잎 부여안고
비인 빈 꽃대 아스라히
안타까이 바라보며
고요히 대지에 눕는 민들레의
아름다운 모정의 외로운 고독

엄 마 와 꽃

하늘이 운다
큰 하늘이 고개 숙이고 운다
자그만 꽃들이 함께 운다

노란 꽃은 노란 울음
빨간 꽃은 빨간 울음
보라 꽃은 보라 울음
왠지 울고 있는 하늘을 보니
나마저 울고 싶다

이슬 머금은 꽃을 보니
곱디고와 하도 고와서
눈가에 벌써 촉촉하다

길 가다 말고
길 가다 말고
말 못할 여러 색 그리움으로
배인 눈물 남 몰래 닦아낸다

엄마 생각

오! 나의 첫사랑
외로울 때 생각나는 사람
슬플 때 생각나는 사람
힘들 때 생각나는 사람
쓰러질 듯싶을 때 생각나는 사랑

오! 나의 처음 사랑
기쁠 때 떠오르는 사람
아름다운 풍경 앞에 떠오르는
내 소중한 사랑

궂은비 오는 날에도
해맑은 날에도
슬프거나 기쁘거나
특별한 곳에 특별한 순간에도
떠오르는 내 사랑

내게 첫사랑을 가르쳐준 사람
그래서 때로 힘겨운 날이면
울먹거리다 울먹거리다
펑펑 울고 싶을 때

내 눈물 젖은 얼굴을 묻고 싶은
내 생명샘이 흐르는 가슴을 가진 영원한 사랑

곁에 없어 나를 외롭게 하고
때로 그리움으로 아프게 하는 사람
그래도 사는 날 동안 잊지 못할
내 생명의 젖줄
내 영혼의 안식처여
오! 나의 소중한 마지막 사랑

엄마 생각

세 알 다 여물 때까지
꼬옥 안고 있느라
온몸에 가시 세워
아무도 곁 못 오게 긴장하더니

잘 영근 밤알들
토도독 톡토도독
모두 떠나보내고

속을 막 드러낸 밤송이
발그레 물드는 그 안을 보니
짜한 것이 괜 눈물 핑도네

아 침 이 슬

간밤에 비 내리고
비 젖은 풀잎 끝에
이슬 한 점

작은 바람에도
바람 잠든 고요에도
아스라한
풀잎 끝에 모두를 건
이슬 한 점

간신히 매달린
풀잎 끝에
삶

아침햇살에
반짝임도
그냥 슬프다

엄마 생각

하루도 당신 생각 떠난 적 없을 만큼
보고 싶어도
사는 집이 다르다는 핑계로 보지 못하고
그저 꿈길로나 보려나 볼 수 있으려나
잠 속에서 당신을 그리워해도 안 오시더니

생시보다 더 생시같이 생생하게
당신과 함께 먹고 걷고 이야기하는 당신을 만난 꿈
찡한 가뭄에 새싹 나는 것보다 더 반가운 당신 꿈을 꾸고
도
차마 안부를 묻지 못하는 이 마음 당신은 아시려나

당신 아시려나
문자를 보낼 수도
전화를 걸 수도 없는 죄인 같은 내 마음을

몇 번이나 전화기를 만지작거리다 놓고 마는
차마 알 수 없게 두렵게 만드는 당신 안부

양 떼 구 름

하늘 참 곱다
수많은 양들이 하늘에 거꾸로 매달려 온통 하늘을 뒤덮은
참 고운 하늘
흰 양털 사이로 언뜻언뜻 파란 물이 흐르다 빗물로 내려
올 것만 같다

하늘 참 아름답다
수많은 양들 틈새 틈새로 깊이 파인 파란 물길에 숨은 빗
물로 변하여
후두둑 후두둑 내 가슴을 두드리며 내려올 것 같은 고요
한 일요일 아침나절

저 틈새 사이에 잠드셨을 엄니, 아부지 조용한 미소로 내
려다보실 듯싶다
하늘이 유난히 아름다운 날엔
고운 그리움이 하늘에서 하늘거리며 내려앉는다
너무 고요하여 슬픈 내 마음에

가면 언제 또 오니?

가면 언제 또 오니?
90을 바라보는 울 엄마
마지막 인사인 듯 무거운 인사에 가슴이 서늘하다

젊은 날 하루는 해변의 모래알이라
초로의 하루는 기약 없는 촌음이라

원래는 한 몸이었다 나오면 두 몸인 것을
출가하면 그저 남인 것처럼
어쩌다 한 번 찾아뵙고 돌아서는 순간에
아들 손 마지못해 놓으며 하시는 말씀
가면 언제 또 오니?

엄마의 그 한 마디 귓가를 뱅뱅 돌고
엄마의 그 한 마디 못내 아프고
엄마의 그 한 마디 시방도 맘에 걸린다
가면 언제 또 오니?

차마 부끄러워 할 말을 잃게 하는 엄마의 말씀
그렇게 돌아서면서 '자주 올게요' 하지만 그때뿐
왜 이렇게 더운 날씨에도 이토록 가슴 시릴까

가면 언제 또 오니?

엄마 안녕

툭

느슨하게 늘어졌다가

팽팽하게 당겨져

툭

끊어지 듯

날숨 후

들숨 없는

무서운 고요

그리고

사흘 못 넘겨

잔디 덮은

엄마의 영원한 침묵

타악

아 내

철새처럼 모이 찾아 떠도는 삶의 장터에서
어떤 우연으로 너를 만나
꽃이 피는 즐거움
함께 노래하고
낙엽 지는 쓸쓸한 계절에
우리는 함께 서글펐다

어쩌다 미워도
한 날이 다하기 전에
나는 네게 말을 걸어야 하고
너는 나를 위해 밥을 지어야 한다

어제의 말다툼으로
말조차 섞기 싫어도 속 미움을 감춘 채
오늘은 억지웃음 띄우며 하루의 일정을 공유하는
미운 정 고운 정 다들은 우리는
네 것 내 것 없이 서로 나누어야 한다

고 향 생 각

멀리 가면 갈수록
몸에서 멀면 멀수록
마음으로 사무치는 그리움
가만 눈 감으면
정겨운 고향의 세밀화
슬며시 눈을 열면
숨 막힐 듯 도시 풍경

그립다
유난스레 고향 그립다

못 다 핀 꽃망울들

아직 산에는 고운 꽃들이 피어나는데
저어기 바다엔 못 다 핀 꽃망울들이 오도 가도 못하고 갇
혀 있다
괴물들의 합작품 세월호 안에

꽃이란 이름을 가졌으면
그래도 한 번은 피우고 져야 한이란 없지
그저 열매까지는 맺지 못하더라도
화알짝 피어 아름다움 한껏 폼이라도 내야지
이게 뭐냐고

참혹한 아니 잔인한 꽃샘추위 한방에
안녕이란 이름 하나 남기지 못하고
세월호 주위를 떠나지 못하고 배회하는 영혼들의 울음이
섧다

차마 가던 길 가지 못하고
그 어둠 속을 배회하는 못 다 핀 꽃망울들의 외침이 애잔
하다
안녕이라고 사랑한다고 그 한 마디라도 남겼으면.......

2014년 봄은 봄꽃들을 놀래켜 화들짝 놀라 한꺼번에 피게
하더니
곱게 피어나던 꽃망울들을 한꺼번에 잔인하게 휩쓸어 떨
구다
바다는 꽃망울들을 쉽게 묻는다
안녕이란 말도 남기지 못한 고운 꽃망울들을
저기 산에는 꽃들이 곱게 피는데

8/

시는
삶보다
길다

아버지는

아버지의 인내 뒤에는 맑은 눈동자들이 웃고 있다.
아이들은 아버지의 희망이요 꿈이며, 비전이다.

아버지로 산다는 건 녹녹치 않다.
나이가 들어갈수록 권리는 줄어들고, 짐만 무거움을 절감한다.
나이가 들어가는 만큼
자식들 눈치를 보아야 하고
때로 아내의 곁이 두려운 게 아버지이다.
아버지는 안팎으로 도전을 받는다.
얼마나 돈을 벌어오느냐가
아버지로 인정받는 가치라면 서글프다.

껌 딱 지

창동역 지하 보도에 껌딱지들이 덕지덕지 붙어 있다. 긁
어도 깔끔하게 긁어내지지 않을 만큼 다부지게 눌러 붙어
흉물스럽다. 사람들의 발에 밟힐수록 더 착 달라붙는다.
교양 있어 보이는 중년 여인네의 입속에서 질겅질겅 씹혔
을 껌, 하이힐 신은 멋쟁이 아가씨의 그 탐나는 입속에서
씹혔을 껌, 남 말하기 좋아하는 이웃집 할매의 입속에서
잔인하게 씹혔을 껌, 단물을 다 빼앗긴 이런 저런 사연으
로 씹혀지고 버려진 껌들이 보도에 다부지게 이제는 껌딱
지로 눌러 붙은 꼴이 흉물스럽다.

보도에 덕지덕지 달라붙은 검푸른 껌 자국, 사람들이
씹어댄 입 자국을 감추고, 단물 빠지고 뻣뻣해진 채 검푸
른 껌딱지들, 다시는 버림받지 않으려 단단히 착 달라붙
어서 잘 긁어낼 수도 없게 딱 달라붙은 껌딱지들의 모습
이 꼭 멍자국을 닮아서 씁쓸하다.

이렇게 저렇게 맞거나 얻어터진, 어딘가에 부딪쳐 생긴
멍자국 같다. 그게 어찌 몸에만 멍이 생기랴. 그게 어찌
살면서 주먹으로만 얻어 터져 생기랴. 때로 말로 얻어터
지는 일이 더 많은 게 우리 삶이지. 그렇게 믿었던 사람에
게 말로 씹히고, 겉으로 위하는 척하는 이들의 뒷담화로
씹히고 씹혀, 달리 말할 수 없어 가슴앓이로 마음에 무늬
져 있을 자국들도 딱 이 껌딱지를 닮았을 거다. 벙어리 냉

가슴 앓듯 할 말을 다 못하여 가슴앓이로 생긴 멍자국도 이렇게 가슴 속에 덕지덕지 달라붙어 떨어지지 않고 있겠다 싶어 그걸 보는 마음이 서럽다. 말로 씹히고 씹혀 가슴앓이를 하며 멍든, 가슴속 멍자국들을 잊은 척 살아가는 삶의 나날들이 아프다.

담 배 꽁 초

누군가의 열렬한 구애를 받았을 너의 모습이 처연하다 못해 서글프다. 뜨거운 입김으로 훅 달아올라 온몸을 태우는 짜릿함으로 파르르 떨며 환희에 빠졌을 너의 모습도, 온 정신을 집중하여 너만 즐겼을, 다른 부위 불감증으로 오직 오럴만 즐길 줄 아는 네 연인의 모습도 그저 한때다. 느끼는 쾌락도 느껴지는 환희도 잠시, 아무 거리에 버려져서 쓰레기만도 못하게 발바닥으로 짓밟혀버린 너의 생이 참 역겹고 서글프다. 버림받은 네 신세가 더 역겹다. 버리는 놈의 입술보다.

어느 거리 모퉁이에서 그럴 듯한 간판을 걸고 몸을 팔겠다고 나선 너의 가격은 이미 정해져 있다. 몰래 골방에서든, 아니면 어느 거리에서든 스스럼없이 몸을 내어주고도 모자라 벌어야 할 돈마저 주인에게 앗기고 거리에 버려지는 네 생은 꽁초 그 이상도 아니다. 역겹고 더럽혀지는 너는 그저 으슥하고 소외 받은 공간을 즐기는 슬픈 생이다.

오늘도 그런 너를 탐하는 구애자들이 줄을 서는 길모퉁이엔 찬 바람이 여지없이 불고, 너의 어긋난 욕정은 연기처럼 태워지고 있으니.

김밥을 먹으며

천신만고 끝에 바다를 헤엄쳐 나와 바싹 말랐다가 물이
그리워 인간의 노예가 되기를 저처한 김이란 양반이 논에
서 기어나온 쌀을, 밭에서 걸어온 당근이랑 파를, 산을 내
려온 나물들을 사정 없이 둘둘말아 제 이름을 앞세워 인
간에게 한꺼번에 바치니, 기고만장한 인간은 거기 혹하여
천하를 한 입에 꿀꺽한다고 삼킨다만. 바다를 삼키고, 땅
을 말아먹겠다고 포부는 대단하다만, 바다 한 귀퉁인들,
땅 한 뙈기인들 제대로 갖도 못하고 사라진 놈들이 한두
놈이어야지.

   하긴 유사 이래로 오만한 인간이 천하를 말아 먹으려
든 건 새삼스러울 것도 없지. 오늘도 바다를 헤엄쳐 나온
김으로 세상을 싸 먹겠다는 인간 세상엔 땅 싸먹기로, 바
다 삼켜먹기로 시끄럽다. 무엇 하나 제대로 소유 못하면
서, 백 년도 못 먹으면서 만 년 살겠다고 그 난리다

매 미

시끄럽다고 욕을 하지 않기로 했다. 저들이 저렇게 부르는 노래만큼 성스러운 노래가 있을까. 수 년을 어둠 속에서 숨어 지내다 겨우 보름 남짓 살고 말아야 한다면 그보다 더 절박한 하루하루가 뉘게 있을까. 그 하루 하루가 그 한 시간 한 시간이 그 순간 순간이 얼마나 찬란한가. 찬란한 순간을 노래하는 그들의 찬가를 시끄럽다면 인간은 신을 향한 찬가를 멈추어야 하리니, 저들의 노래는 성스럽다.

늘 같은 레퍼토리로 소리를 지른다고 비웃지도 않기로 했다. 수컷이 암컷을 부르는 노래가 다른들 얼마나 다르랴. 길지 않은 날 중에 하루는 가장 찬란한 슬픔과 가장 고독하고 가장 비극적인 아름다움을 체험하는 살풀이를 하려면 그토록 목숨 다해 노래해야 하지 않으랴. 그 노래로 짝을 부르고 운 좋게 짝을 맺는 환희를 본능적으로 아는 그들의 처절한 몸부림은 차라리 숭고하지 않으랴. 단 한 번의 그토록 짜릿한 결합의 순간을 맛보지 못하고 영면에 든다는 것처럼 억울한 삶이 어디 있으랴. 암컷을 부르다 죽어야 하는 수컷들의 슬픈 운명은 세상 그 어떤 목소리보다 심오하지 않으랴.

그들의 노래이든 울음이든 수다든 즐기기로 했다. 음양의 결합이 우주의 질서란 거창한 이론은 아니라도, 암컷과 수컷의 결합이 새로운 생명을 탄생하게 하는 성스러운 의식이든 말든, 세상 그 어떤 기쁨이 암컷과 수컷이 결합하는 순간의 환희보다 더 극적인 아름다운 슬픔이 있을까. 온힘을 다해 암컷을 부르고, 암컷을 찬양하고, 암컷을 위해 노래하는 수컷들의 열정에 나 또한 참여하기로 했다. 저들은 용기내어 애써 노래를 부르고, 점잖은 척 나는 속으로 그들의 짝짓기를 응원한다. 삶의 찬란한 슬픔과 죽음의 아름다운 환희를 농축시킨 순간을 위해 목숨을 걸기로 맹세하고 짝짓기를 시도하는 지상의 모든 수컷들을 대신 노래하는 그들의 노래에 박수를 보낸다.

파울로 코엘료의 포르토 벨로의 마녀

사랑하라. 사랑하라 단 한번만이라도 단 한번만이라도 엑스터시에 빠져 그대 자체가 사랑이 되라. 뜨겁게 아주 뜨겁게 사랑하고 사랑하라. 미친 듯이 죽도록 사랑하라. 그 체험 그 마음 그대로 신을 사랑하라. 말로만이 아닌 영혼을 다해 신을 사랑하라.

사랑이 곧 신이요 신은 곧 사랑이시라. 신은 그토록 우리를 억압하는 두렵고 옥죄는 아버지 신이 아니라 자애로운 어머니 신이라. 그 자애로운 사랑의 품안에서 고귀한 자유를 얻으리니 사람을 먼저 사랑하고 또 사랑하여 신을 사랑할 줄 알라.

신은 자애로운 사랑의 신이라. 그대가 온몸을 던져 사랑하는 그곳에 임재하여 그대를 응원하리니 그 뜨거운 사랑에 뛰어든 그대는 마녀가 아니라 온전한 사랑이어라. 그대는 지혜로운 이성의 아테나이다. 아니 그대는 묘한 광기의 아야소피아다. 그대는 아테나이자 아야소피아이다. 사랑할 땐 포르토벨로의 마녀처럼 사랑에 온몸과 온정신으로 사랑에 빠져라. 그리하여 아야소피아로 세상 따위는 몽땅 잊고 살라. 일상에선 때로 점잖은 탈을 쓴 아테나로 살라. 그대는 아테나다 아야소피아다. 그렇게 둘 모두가 그대 자신이니라.

신은 모든 걸 품어주는 여성스러운 신이니 아테나든

아야소피아든 그대는 신의 딸이라. 신에게선 미움도 사랑도 그저 하나라. 세상 모든 걸 하나로 받아들이는 신이라. 경계가 필요 없는 신이라. 인간은 나누고 또 나누어도 인간은 아무리 쪼개고 또 쪼개도 그 모두는 신의 품안에 있노라.

신은 곧 사랑이라. 그가 펼친 사랑의 보자기에 세상 모든 건 다 들어가고도 남을지니 그대 또한 사랑자체가 되어 살라. 그대는 아테나이며 아야소피아. 여신을 닮은 여신의 사랑을 받는 사랑 그 자체니라. 사랑하라. 사랑하라. 일생 한 번쯤은 모든 것을 걸고 사랑해 보라. 그러면 진정한 신의 사랑을 엿볼 수 있을 터이다. 그러고 나서 신을 사랑한다 고백하라. 신은 온전한 사랑이라.

지킬박사와 하이드

지킬과 하이드를 읽고 낯선 방에서 오지 않는 잠을 달래며 스포츠 채널에 지킬의 눈을 박고 잔인한 격투기를 본다.

맷집으로 버티고 버티다 묵사발 된 인간은 맥 놓아 소리 없는 눈물의 강의 샘을 내고 패는 즐거움을 만끽한 사람은 웃음으로 산을 짓는다. 누가 울고 누가 웃는 것이냐 누가 웃고 누가 우느냐 울음을 보면서 소리 질러 웃는 너는 웃음을 외면하고 소리 없이 우는 너는 너는 누구냐

지킬처럼 맷집으로 살지는 말일이다. 숨어 울고 있을 하이드를 위해 "내가 외로울 때면 내가 울고 싶을 때면 누가 날 위로해주지?"

누가?

누가?

누가?

나 그리고 너 그래 하이드

브레히트의 서푼짜리 오페라

음지나라에 왕이 있느니라. 하수 거지들과 함께 있으며 사기꾼들 살인청부업자들과 함께 있으며 세력을 양분하고 있었으니 이름 하여 내 손 안대고 살인을 일삼는 왕이요 내 손으로 구걸 않고 구걸로 대자본을 모은 왕이라. 그 두 가문에 경사스러운 날 결혼식이라 거지왕의 딸하고 살인청부 왕의 결혼식이라!

구걸하는 법 가르치는 거지 왕. 구역을 나누어주고 수금 잘하니 나랏님 안 부럽다 요리조리 살살 피하며 궂은 일 남이 하게 하여 흉한 일은 어리숙한 놈한테 시키고 내 손에 피 안 묻히면 상수라
　　강도짓으로 큰 부자 되니 누가 왕이랴.

법 그건 피하라고 있는 법 들키지 말라고 있는 법 잘 지키면 하수, 지키는 척 살살 빠져나가면 상수라 하느니. 왕 중의 왕이라 음지나라 대 경사에 둥근 집 나리 행차요. 사각 집 나리님 행차요. 세모 집 나리님 행차요.
　　거지 왕과 사기꾼 왕 댁 결혼식에 밝은 나라 나리님들이 모두 행차라. 오호라 너푼짜리 선술집 실황보다 더 흥겹고 재미있는 서푼짜리 오페라로다.
　　이게 뭔 일이여, 어느 나라 이야기냐고?

반 고흐의 해바라기

프랑스어로 빈센트 반 고흐를 읽는다
노란 해바라기 꽃들이 떨어진다로 정한다
Se detacher : 떨어지다

매듭이 풀리다
뚜렷이 드러나다
부각되다
갈라지다
나오다
분리되다
떨어지다
초탈하다
해탈하다

매듭이 풀리다 해탈하다
분리되다 해탈하다
떨어지다 해탈하다

평생을 탐구해도 깨닫지 못한
사전이 찾아주는 단순한 해탈의 원리
지금의 나에서 분리되든 떨어지든

블 루 샤 에 서

아주 얇은 거미줄만큼이나 아스라한 김이 모락모락 피어
오르는 달달한 커피 한 잔 홀짝이며 내 차례를 기다리며
이발풍경을 감상한다. 이발사의 정교한 손놀림에 지그시
눈 감은 노신사의 반백의 머리 올들이 사연 덩어리 마냥
바닥에 투두둑 내려앉는다. 눈을 치켜뜨고 거울에 제 모
양을 관찰하는 젊은이의 검은 머리칼들이 날카로운 금속
성이라도 낼 듯 걱정거리들처럼 목 받침으로 사르락 쏟아
진다.

내 차례, 이제 의자 깊숙이 가장 편안한 자세로 내 몸을
앉힌다. 재판정에 자리한 죄수마냥 이발사의 손길에 내
머리를 맡긴다. 희끗희끗한 머리 올들이 오욕들처럼 눈
아래 거뭇거뭇 쌓인다. 세심한 손길로 한 올 한 올 정성스
럽게 다듬어진 머리, 머리털이의 기계음과 함께 사이사
이 숨은 잘린 잔재들마저 말끔히 털려나가면 한결 시원한
느낌, 거울 속에 단정한 신사 한 사람, 세속으로 상큼하니
나갈 준비를 한다.

내가 바람이라면

영롱한 별에 취하여
긴 잠들려는 눈을 꼬드기거나 협박하더니
어쩌면 저토록 누구도 모방할 수 없는
만지면 부서질 것 같고 눈부시게 아름다운
순백의 예술을 가지마다 꽃으로 피워 놓았네
바람이

눈꽃들만 달빛에 희게 부서지는 사그락 소리를
외면하고 냇가로 내려오더니
돌돌거리며 돌 사이로 굴러가는 물과 속삭이며
밤새도록 아주 썰렁한 농으로 수작을 걸어대더니
만지면 깊은 속까지 촉촉할 듯
입술을 대면 이까지 시려올 듯
투명하게 살아 있는 그림을 바위에 그려 놓았네
바람이

모두가 말을 잃고 생기마저 잃은 세상에
색깔마저 사라져 삭막한 세상에
한 가지 색만으로 다양한 아름다움을 베풀 줄 아는
바람이

그 바람, 내가 바람이라면 내가 만날 사람들에게

그토록 아기자기하고 고운 예술을 베풀 수 있을까

아 버 지

아무런 자격증을 받은 적은 없어도 '아빠'라고 부르는 아이들이 있으면 아버지다. 아버지란 부름에 익숙해지면서 삶의 무게와 등에 업힌 식솔들의 무게를 버틴다. 자격이 있든 없든, 능력이 있든 없든 아이들의 아버지이다. 어느 누구도 아버지라는 이름을 다독여주지 않는다. 그저 제 삶의 짐에다 점점 진하게 느껴지는 세월의 무게를 얹어가면서 아버지라는 고독한 책임을 짊어지고 외롭게 아버지의 길을 간다.

밖에서 생활할 때는 때로 아버지라는 걸 잊고 아버지답게 생활하지 못하여도, 집에 돌아오면 '아빠'라는 부름과 함께 아버지의 자리에 앉는다. 소박한 아버지의 위치로 돌아와 사회에 시달리며 잃었던 아버지의 품위를 되찾는다. 아버지로 살려면 적당한 위선도 필요하고, 어느 정도의 허풍도 필요하다는 것을 배운다. 아버지로 서려는 위선, 아버지답게 어깨를 으쓱하는 허풍을 배운다. 거짓이건 위선이건 신도 이해하고, 아이들도, 아내도 그런 것쯤은 적당히 눈감아주겠지, 그 마음으로 아버지를 배워간다. 그렇게 아버지의 모습을 갖추어 간다.

그 어린 것들, 내가 없으면 아무 것도 하지 못할 것 같은 무기력한 강아지들, 그들을 위해 제 자존심 따위는 생각지 않는다. 때로는 얼굴이 화끈거리도록 뺨을 맞는 일

도 기꺼이 참아내야 한다. 아니 그보다 더한 수치, 더한
괴로움도 참을 수 있다. 그럼에도 넉넉히 웃을 수 있다.
아무리 괴로워도, 아무리 수치스러워도 아버지는 웃는다.
괴로움을 겪으면서도 수치를 당하면서도 싱긋 웃으며 괜
찮은 표정을 지어야 한다. 저들의 고운 눈동자 속에 희망
을 심고, 저들의 맑은 꿈속에 모두를 담는다.

아버지의 인내 뒤에는 맑은 눈동자들이 웃고 있다. 아
이들은 아버지의 희망이요 꿈이며, 비전이다. 괜찮은 아
버지가 되려는 아버지들만이 느낄 수 있는 기쁨이다. 거
느린 식솔들을 재대로 먹여 살린다는 뿌듯한 기분으로 안
간힘을 낸다. 적어도 가족들에게만은 인정받고 싶은 생각
에 우리 아버지들은 외부의 수모를 참고 견디면서, 자존
심을 내팽개치는 설움을 참아내며 갈수록 버거운 짐을 버
틴다.

아버지로 산다는 건 녹녹치 않다. 나이가 들어갈수록
권리는 줄어들고, 짐만 무거움을 절감한다. 나이가 들어
가는 만큼 자식들 눈치를 보아야 하고 때로 아내의 곁이
두려운 게 아버지이다. 아버지는 안팎으로 도전을 받는
다. 얼마나 돈을 벌어오느냐가 자녀들에게도 아내에게도
아버지로 인정 받는 가치라면 서글프다. 그렇게 때로 아
버지란 돈을 벌어오는 기계로 가치를 부여받는 직업이라

생각하면 살 맛 안 나고 먹먹함으로 눈물짓는다.

요즘 같은 때면 더 버겁긴 하지만 여린 새싹들의 희망을 생성시키고, 고운 꿈을 맘껏 펼칠 맑은 눈동자들을 기쁘게 상상하며 나는 집으로 간다. 아버지가 간다. 오늘도 세상에서 떠나서 아버지는 가정의 가운데 자리를 메우러 간다. 생활인으로서의 비루한 옷을 벗어두고 그럴듯한 아버지의 옷으로 갈아입고 집으로 간다. 아버지가 되러 간다. 마음 놓고 웃을 수 있는 자리가 아님에도, 세월의 무게를 짊어지고, 가정이라는 십자가를 덧붙여 짊어지려고 아버지의 자리로 간다.

밖에서 어떻게 살아내든 집에 돌아오면 아버지는 가장 듬직한 기둥으로 받치고 선다. 누구보다도 자랑스럽고, 누구보다도 훌륭하고, 누구보다도 믿음직스러운 아버지로 선다. 그 이면에는 많은 눈물과 고독과 설움을 감추고 아버지 다우려 참아낸다. 그럼에도 결코 아버지는 고독하지 않다. 더 이상 외롭지 않다. 초롱초롱한 미래의 꿈이 자라고 있기에, 그저 괴롭고 힘들다가도 "아빠 힘내세요. 우리가 있잖아요." 그 한마디면 아버지로서의 고독과 외로움도 눈 녹듯 사그라진다. 하여 고독한 아버지는 든든한 한 가정의 기둥으로 선다.

마음껏 울 수 없는 아버지는, 엄살을 부릴 수도 없는 아

버지는, 모두 잠든 텅 빈 거실에서 암담한 미래를 슬퍼하
며 세상에서 가장 쓴 담배 한 개비로, 또는 허공을 향해
내뱉는 세상에서 가장 긴 한숨으로 하루하루를 이겨낸다.
그렇게 지친 아버지는 속앓이를 하며 든든한 가정의 기둥
으로 산다.

젊은 우리는

우리! 언제부터 우리는 근심의 씨알을 가슴에 묻고 살아왔을까, 나는 모릅니다. 세살 적엔가 희미하고 자그만 기억이 시작되었다는 거 밖에…… 삶에 부딪치며 사는 우리는 생활에 변화가 온다고 해서 시간에 변화가 있다고 해서 마음마저 변해가야 합니까?

한 슬픔의 씨알이 꺼지면 또 한 슬픔의 씨알을 가슴에 묻고 그저 우리네 삶은 근심과 슬픔의 연속입니다. 아기 적엔 엄마가 도망갈세라 저고리 고름 움켜쥐고 잠들고 어려서는 구슬치기하다 잃고 슬픔을 심습니다. 욕심이 시작되고 삶이 시작되면 우리는 또 돈에 시달리며 대학입시에 시달리는 근심의 연속입니다.

배우자를 선택해야 하는 고민, 만남과 헤어짐의 길목에서 우리는 엄마 떠나 팔려온 강아지의 첫날밤보다 얼마나 더 아픈 울음을 울어야합니까?

우리는 늘 근심의 봇짐을 지고 살지요. 부모가 되면 늘 자식 걱정, 늙으니 소외되는 외로움과 회의, 그저 우리는 슬픔의 잔을 채워들고 꾀죄죄한 후회와 번민의 봇짐을 지고 가는 나그네는 아닐는지요.

우리는, 젊은 우리는 스스로 설 수 있어야 하고 뛸 수 있어야 합니다.

우리는, 스스로 쉼의 안식처를 찾아가야 합니다.

　남에 대한 친절, 부모께 드리는 효도, 어떤 선한 일도, 악한 일도, 남을 속이는 일, 만남의 쪼가리마저도 다 자신을 위한 것 실상은 혼자서 가는 혼자만의 길입니다.

　그런 우리는 무엇을 느끼며 삽니까. 좁쌀개미 한 마리가 낑낑대며 죽은 벌레를 끌고 가는 모습에서 어떤 진리를 발견할 수 있습니까! 바스락거리며 흩어지는 나뭇잎, 그렇게 가는 가을에서 우리는 의미 있는 사색을 간직할 수 있습니까. 하얀 눈 내리는 겨울날, 빨간 우체통 앞에선 소녀의 눈빛에서 우리는 얼마치의 애틋한 행복을 느낍니까.

　헤어짐이 많아 눈물이 많은 우리는 하얀 눈을 맞으며 무엇을 얘기하며 하얀 눈을 뭉치며 무엇을 고백하며 하얀 눈덩이를 굴리며 얼마나의 착한 기억을 되살릴 수 있으렵니까.

　더러운 곳에는 하루살이들이 모이고 초상집에는 애곡 소리와 눈물이 범벅되고 혼인집에는 멋진 음식 내음과 니나노 노랫소리 넘치는 천태만상의 삶의 소용돌이 속에 우리는 어떤 삶의 방식으로 세상 얼음판 위로 기어가고 있을까요?

　슬픔에 지친 사람들이 생을 포기하고 험상궂은 아이가 칼을 들고 위협하며 돈 몇 푼 구걸하는 어둠의 마을, 승리한 이, 합격한 이, 웃는 이들의 헤벌어진 입 속에 드러난

이빨 사이에 낀 고춧가루 한 잎에서 우리는 어떤 갈등을 가질 수 있나요.

모두가 순간입니다. 누구나 아기였고 소년이었고 우리와 같은 젊은이들이었습니다. 모두가 그렇게 삽니다. 팔이 하나인 이는 하나인 채 다리가 불구인 이는 목발에 의지한 채로 살뿐입니다.

사는 건가, 꿈인가 어떤 의미로 우리는 살고 있습니까. 봄에 피는 꽃에서 우리는 어떤 소망을 발견하며 혼례를 마치고 나란히 퇴장하는 신랑신부의 모습에서 우리는 어떤 삶의 걸음마를 배워야 합니까.

우리는. 젊은 우리는 세상은 근심이기에 우리는 웃음을 터뜨리며 살아야 합니다. 세상이 차갑게 식어갈 수록 우리는 뜨겁게 사랑해야 합니다. 세상이 각박해지고 어둠이 밀려들수록 젊은 우리는 더욱 밝은 미래의 비전을 간직해야 합니다. 정의가 시들고 거짓과 가짜의 악의 세력이 커질수록 우리는 의의그루터기를 안고 정의와 선의 나무를 무성하게 키워야만 합니다.

젊은 우리는 불의한 것, 모난 것. 더러운 것, 부정적인 것, 어둠의 만물을 물리치고 아름답고 밝은 세상을 만들어야 합니다.

설 날

여섯 쪽이 다닥다닥 붙어 사이좋게 한 집 안에 살아서 육
쪽마늘이란 이름을 얻은 잘 여문 때깔 고운 마늘 한 통처
럼, 삶이 추운 날에 함께 품어 서로의 온기를 나누고, 삶
이 고픈 날에 적은 것 나누어 넉넉한 마음을 품고, 삶이
기쁜 날에 서로 얼싸 안아 기쁨의 구름 위로 오르며, 그래
기쁘니 웃고. 슬픔도 함께하여 웃음으로, 기쁨도 함께하
여 다정도 하더라, 의리도 좋더라, 다복도 하더라.

　힘들어도 다닥다닥 붙어살던 내 다정한 형, 동생, 누이
들. 무소식이라 희소식이란 말도 안 되는 잡소리로 저를 합
리화하며 서로 무심하게 멀리 떨어져 서로가 사람들 사이
에 섬이 되어 살던, 이웃사촌만도 못하게 서로 정을 잊고 살
던, 그저 점점이 떨어져 사이를 벌리며 살던 내 피붙이들.

　미우나 고우나 가족이란 끈으로 이어 살아가야 할 운명
인 것을. 굳이 섬처럼 살 수 있으랴. 그래도 설날이란 구
실이라도 빌어 이 날 하루만이라도 육쪽마늘처럼 한 집에
다정하게 다닥다닥 붙어서 섬이 아니었던 시절의 옛이야
기라도 나누면 어떠랴. 더는 서로가 섬이 되어 거리를 재
지 말고 섬과 섬 사이에 형제자매의 정으로 끊어지지 않
을 다리 하나 놓으면 어떠랴. 설날만이라도!